AF131676

You... and me

Tome 4 :
Un printemps révélateur

Emilia Adams

YOU... AND ME

Tome 4 :

UN PRINTEMPS RÉVÉLATEUR

Emilia Adams

www.soromance.com

Sommaire

Chapitre 1
Goodbye blue sky
« Au revoir ciel bleu »
Pink Floyd

Adrian

Je regarde désespérément autour de moi pour dénicher une sortie de secours, mais je sais très bien que je n'en trouverai pas. Pendant quelques secondes, j'ai l'impression que je fais un mauvais rêve, mais les frissons qui envahissent mon corps me font vite revenir à la réalité. Mon cœur pulse à un rythme saccadé. Je suis prisonnier avec deux malfaiteurs qui veulent me faire la peau. Je ne peux rien faire. Mon sort est entre leurs mains et ils ne vont pas se gêner pour me faire souffrir. Et sûrement me buter.

Je ne suis pas le seul à être en danger. Léa et Roxanne sont également prises au piège. Ces deux ordures pointent leurs armes sur elles. Elles sont terrorisées, mortifiées comme des souris attrapées dans les griffes d'un félin redoutable. Les larmes coulent à flots sur leurs visages.

Roxanne se met à crier, ce qui amène Valens à lui coller une gifle en plein visage.

— Ferme-là, salope !

Putain, je vais le massacrer. Je ne saurai pas garder mon sang-froid ! Non, c'est impossible. J'ai envie de lui cracher la bile acide qui se forme dans le fond de ma gorge dans sa sale gueule d'ordure. Qu'il brûle en enfer !

— Qu'est-ce qu'on fait maintenant, papa ? demande Vanessa à Valens.

Papa ? Mais c'est quoi ce délire ? Valens est son père. Mais voilà le lien qui les unissait. Cette cinglée m'a piégé. Mais pourquoi ? Je n'y comprends toujours rien.

— On les emmène tous là où tu sais.

Où vont-ils m'emmener ?

Trouve une solution, Adrian ! Ta vie est en danger !

Mon téléphone ! Il faut que j'alerte Zoé. Je dois agir vite. C'est le moment. Vanessa s'approche de son père et lui murmure je ne sais quoi.

Je recule jusqu'à mon bureau et déverrouille mon téléphone avec mon pouce sans les lâcher des yeux. Ils se font toujours des messes basses, mais peu importe ce qu'ils peuvent se dire, il faut que Zoé comprenne que je suis en danger. Alors discrètement, je jette un coup d'œil à mon téléphone, et appuie sur l'appel manqué de Zoé. Elle a essayé de me joindre. Elle s'inquiète. C'est vrai que je devrais déjà être arrivé à son studio de danse.

Je le range rapidement dans la poche de mon cuir et fais comme si de rien n'était.

— Arrête de bouger, toi, braille Vanessa à Léa en l'assassinant du regard.

Vanessa plaque sa main sur sa bouche et brandit son arme devant moi. Je la fixe des yeux avec mépris sans ciller, lui montrant la fureur qui me possède. Elle ne gagnera pas la partie. Non, ça ne peut pas se finir comme ça. Je vais bien trouver le moyen de me sortir de cette merde. Il faut que je réfléchisse, mais je n'ai rien pour me défendre hormis un canif misérable dans la poche de mon cuir.

Je serre la mâchoire et les poings puis tourne la tête vers cette raclure de Valens. Il lâche un rire tonitruant puis il me regarde froidement, haletant de rage.

— Qu'on en finisse au plus vite avec eux, dit-il d'une voix grave et rocailleuse.

Qu'est-ce qu'ils vont faire de nous ? Je dois comprendre pourquoi ils agissent comme ça. Je ne veux pas mourir sans savoir pourquoi ils ont autant de haine contre nous. Eh merde ! Non ! Je ne vais pas crever. Je vais trouver une solution.

Zoé… ma puce. Ton beau visage vient soudainement envahir ma vision. J'aimerais tellement que ceci soit une mauvaise blague. Est-ce que je vais te revoir ? Je veux que tu sois là avec moi et que tu me réchauffes dans tes bras. Je veux sentir tes baisers au goût de cerises, mon gel douche imprégné sur ta peau douce et veloutée. Je veux que tu me chuchotes des « je t'aime » au creux de l'oreille et que tu me fasses frémir par tes caresses audacieuses. Je veux que tu m'enivres dans ta douceur, dans ta folie et dans ta joie de vivre. Je veux que tu me dises que je viens de faire un cauchemar, que tout ceci est le fruit de mon imagination. J'ai tellement de choses encore à partager avec toi. Je veux également que tu sois la femme de ma vie. Je ne suis plus fâché avec le mot mariage ce soir. Je dois être fou. Non, je suis fou de toi. Tu es la personne que j'aime le plus sur terre. Comment vas-tu surmonter tout ça si je meurs ? Non, non, non et non ! Mon destin n'est pas entre les ténèbres ce soir. La mort ne m'emportera pas aujourd'hui. Je n'ai jamais rien fait de mal. Je ne suis pas un serpent venimeux comme lui.

Allez, réfléchis un peu, Adrian !

— Quel est le problème ? Qu'est-ce que tu nous veux ? aboyé-je en le foudroyant du regard. Comment as-tu réussi à trafiquer ces photos ? Je n'ai jamais fait de telles choses. Je ne suis pas une ordure comme toi.

J'ai l'impression d'avoir de la lave qui coule dans ma gorge.

— Je n'ai jamais trafiqué ces photos. Et là, maintenant, tu vas payer pour le mal que tu as fait.

Mais qu'est-ce qu'il raconte ? Cet homme boit ou se drogue, ce n'est pas possible. Je n'ai jamais couché avec la sœur de Roxanne et c'est lui qui m'a fait du mal en baisant la femme que je devais épouser. Et c'est moi qui passe pour le méchant ! C'est le monde à l'envers. Je vais vraiment finir par croire que je suis victime d'un canular. Suis-je comme ce pauvre Thruman Burbank qu'incarne Jim Carrey dans le film « *The Thruman Show* », piégé dans une télé-réalité à mon insu ? Putain ! J'aimerais tellement qu'un mec dise de couper la scène ou alors qu'on me chuchote dans l'oreillette de buter le psychopathe et la traîtresse qui sont devant moi. Ah si seulement… Mais je sais que je ne suis pas en train de rêver. Tout est réel. Valens et sa fille vont m'abattre pour je ne sais quelle raison.

Je hurle :

— Tu oublies que c'est toi qui m'as pourri la vie. Je voudrais que tu me dises pourquoi tu te fais passer pour une victime.

Je ricane amèrement en plongeant une main dans mes cheveux. Je tire sur mes mèches, le visage qui fulmine.

— Tu as détruit la vie de ma femme et de mon fils. Tu vas le payer maintenant.

Je le regarde dubitatif en pointant mon index vers mon torse.

— Moi, j'ai détruit la vie de ta femme et ton fils ? Et en quel honneur ? Je ne les connais même pas.

— Non, c'est vrai. Tu ne leur as jamais adressé la parole et tu ne les connaîtras jamais puisqu'ils se sont donné la mort à cause de toi.

Il regarde sévèrement Roxanne.

— Et c'est à cause de toi aussi, petite traînée.

Il est fou ! Oui, cet homme est fou.

— Tu te fous de ma gueule. Dis-moi que c'est une blague, crié-je en levant une main en l'air.

Vanessa s'approche de moi et me colle son flingue sur la tempe, une lueur belliqueuse dans ses yeux. Je déglutis avec difficulté et prie mentalement afin qu'elle n'appuie pas sur la gâchette.

— Une blague ? répète-t-elle. Tu ne te souviens pas de ce qui s'est passé il y a dix ans, jour pour jour ?

Je la dévisage en fonçant les sourcils.

— De quoi dois-je me souvenir ? J'étais au lycée à cette époque-là. On ne se connaissait pas.

— Non, mais tes conneries ont amené mon frère et ma mère à se suicider.

Mes conneries ? Oui, j'ai fait des conneries, du genre, dégrader des monuments dans les lieux publics, brûler des mobylettes ou faire des parties de sonnette, mais de là à provoquer la mort de deux personnes… C'est insensé ! J'apprenais seulement à conduire à ce moment-là et à ce que je sache, je n'ai jamais percuté quelqu'un. Faudrait-il que j'appelle Seb pour qu'il me rafraîchisse la mémoire ? Si je pouvais lui dire que je suis en danger…

— La plus grosse des conneries que j'ai faites est de t'avoir sautée il y a quelques mois.

Elle grince des dents puis me crache à la gueule. Mes paupières se ferment instinctivement. Je les rouvre lorsque j'essuie sa sale bave de mon visage.

— Tu me donnes la gerbe, espèce d'ordure.

Mon cœur s'affole lorsqu'elle appuie le flingue fortement sur ma tempe.

— Calme-toi, Vanessa, s'écrit Valens. Ce n'est pas encore son heure. Il mérite qu'on le fasse souffrir avant qu'on le réduise en cendres.

Il recule jusqu'à la porte en passant un bras autour de la taille de Roxanne. Celle-ci sanglote, les larmes aveuglant sa vision.

— C'est bon… tu peux venir, dit-il en tournant la tête vers l'accueil.

Le silence qui s'installe ne fait qu'amplifier la panique qui me submerge. Un homme apparaît devant moi. Il me dit quelque chose. J'ai l'impression de l'avoir déjà vu, mais c'est peut-être mon imagination qui me joue des tours. Grand, costaud, les cheveux bruns attachés en queue-de-cheval, une moustache en trait de crayon, le teint fort pâle qui fait ressortir ses yeux sombres comme la nuit. Il a une cicatrice sur la joue et il est vêtu d'un costume bleu foncé à rayures verticales blanches et de chaussures noires cirées. On dirait un putain de mafieux.

— Attache-lui les mains, lui ordonne Valens.

Vanessa se recule pour laisser passer cet homme, qui me dévisage de ses yeux qui brûlent d'une lueur sauvage. Je suis foutu. Valens et Léa braquent leur flingue vers moi. Je n'ai plus le choix de me soumettre à leurs ordres. Là je dois avouer que ça craint. Je vais me faire buter. Et je ne reverrais plus ma tigresse.

Au revoir ciel bleu et bonjour les ténèbres.

Chapitre 2
Too late
« Trop tard »
Black Sabbath

Zoé
15 minutes plus tôt.

Je regarde sans cesse ma montre. Adrian devrait être là. J'ai eu le temps de prendre ma douche, de m'habiller et de consulter les messages que ma mère m'avait envoyés pendant que je donnais des cours de danse à mes élèves. Nous avons prévu de passer quelques jours à Saint-Raphaël d'ici un mois et elle voulait connaître la date exacte de notre venue. J'en ai discuté hier soir avec Adrian et nous nous sommes mis d'accord pour y aller la dernière semaine d'avril. J'ai tellement hâte de les voir. Je ne les ai pas revus depuis Noël. Et j'aimerais aussi revoir Jamie. On s'envoie parfois des messages, mais il reste bref. Aux dernières nouvelles, j'ai su que son ex-femme avait été incarcérée dans un hôpital psychiatrique.

Je farfouille dans mon sac et prends mon téléphone. Tout en appelant Adrian, je passe devant Alicia et Seb qui se bécotent en plein milieu de la piste de danse. Je jette un coup d'œil à la grande baie vitrée tout en soulevant le rideau noir, mais je ne vois pas sa voiture. Et bien sûr, il ne répond pas non plus à mon appel. Ce n'est pas dans ses habitudes d'arriver en retard.

Je souffle, agacée en trottinant vers les deux amoureux.

— Je n'arrive pas à le joindre, dis-je complètement désespérée.

Seb lâche Alicia de ses grands bras et s'approche de moi. Il pose ses mains sur mes épaules et m'offre un sourire rassurant.

— Ne t'inquiète pas. Il ne devrait pas tarder. Il n'y avait plus aucun client quand je suis parti du studio et il allait fermer.

OK, je devrais essayer de me détendre. Après tout, il n'a que dix minutes de retard. Je vais l'attendre sagement en essayant de déstresser. Il sera sûrement là dans deux minutes. Peut-être qu'il est allé quelque part avant de venir ici. Mais pour quoi faire ? Il va me rendre folle.

Je m'assieds derrière le bureau. Afin de passer le temps, je jette un coup d'œil sur les papiers d'inscriptions concernant le gala qui aura lieu début juin. Le studio de danse comprend une centaine d'élèves et je suis heureuse de voir qu'elles seront toutes présentes ce jour-là. Depuis janvier, nous travaillons d'arrache-pied sur nos chorégraphies. Ce spectacle va être grandiose. Il aura pour thème « Le rock des années 50 à nos jours ».

Les minutes défilent lentement et je suis toujours aussi inquiète. Alicia s'inspecte de haut en bas. Elle a opté pour une jolie robe rouge qui lui arrive aux chevilles, ornée de perles et de dentelles. Elle est sublime. Elle porte des escarpins assortis. Ses cheveux sont relevés en chignon haut, décorés de strass. Un collier en argent qui lui serre le cou et des boucles d'oreilles pendantes de la même couleur apportent la touche finale à sa tenue.

— Tu n'as toujours pas de nouvelles d'Adrian ? me demande-t-elle en prenant son sac à main posé sur le bureau.

— Non. Il ne m'a pas appelée.

Il est 19 heures passées et je sais qu'Alicia n'a plus beaucoup de temps devant elle. Je vais devoir rester seule ici si ça continue.

— Je vais aller faire un petit tour dehors, dit Seb avant d'embrasser la joue de ma sœur. Il est peut-être sur le parking en train de fumer une clope.

Je hoche la tête et me lève. Mes mains se mettent à trembler comme une feuille lorsque je prends mon téléphone. Rien. Mais bon sang, que fait-il ?

— Je suis sûre qu'il va revenir avec une belle surprise pour toi, me lâche Alicia en ouvrant un rouge à lèvres rose pâle.

Si seulement elle avait raison…

Elle se tartine la bouche puis se contemple à travers le miroir qui est accroché sur le mur derrière elle.

— Tu peux y aller, dis-je en mettant ma veste en cuir noire. Je ne voudrais pas que tu sois en retard à cause de nous. On vous rejoindra.

— J'ai encore un peu de temps devant moi. Et puis… je ne vais pas laisser ma petite sœur toute seule. Adrian ne va pas être content.

Elle a raison. Il nous a fréquemment répété de fermer la porte à clef et de l'appeler si quelqu'un venait à s'introduire dans le studio. Alicia l'a souvent charrié en lui disant qu'il me surprotégeait de trop, mais elle n'est pas au courant de ce qui nous est arrivé il y a quelques mois. Adrian a préféré que l'on garde cette histoire secrète. Il veut protéger ses proches. Il est vrai qu'on ne sait pas de quoi Valens peut être capable. Il a une arme et il pourrait très bien s'en servir.

Alicia vient vers moi, le sourire aux lèvres, et me serre dans ses bras. Elle sent divinement bon, une odeur florale.

— Allez… viens, on sort. Il est peut-être déjà là.

Je me dégage de son étreinte. Je soupire, mais elle ne le remarque pas puisqu'elle se met à courir comme une gazelle vers l'entrée.

Un petit vent agréable me caresse le visage lorsque je mets un pied dehors. Comme je m'en doutais, il n'y a aucune voiture sur le parking hormis l'Audi de Seb. J'ai la boule au ventre. Je ne sais pas pourquoi, mais j'ai un drôle de pressentiment. Il me dit toujours tout. Je l'aurais su s'il devait se rendre quelque part avant de venir me chercher.

Seb se dirige rapidement vers nous à grandes enjambées.

— J'ai appelé au studio, mais il ne doit plus y être puisqu'il ne répond pas. À mon avis, il va arriver d'ici quelques minutes.

Je fais quelque pas sur le parking. J'ai besoin de bouger. Je ne saurais pas attendre sans rien faire.

Tout en marchant, je laisse vagabonder mon regard sur l'écran de mon téléphone. J'espère qu'il n'a pas eu un accident de voiture ou que Léa n'est pas revenue lui demander de l'aide. Même si j'essaie de la mettre dans un coin de ma tête, je ne peux m'empêcher de songer qu'elle reviendra un jour ou l'autre. Toute cette histoire est en train de me ronger. Je n'arrive pas à tirer un trait dessus. Pourtant, je m'étais promis de tout oublier. Mais c'est plus fort que moi, j'y pense régulièrement et je sais qu'on n'est pas à l'abri d'une nouvelle menace. Bien évidemment, je n'en parle jamais à Adrian. Je sais qu'il pourrait essayer de les retrouver et je n'ai absolument pas envie qu'il se mette en danger.

Je souffle lentement afin de calmer les pulsations de mon cœur. Je trépigne d'impatience. L'heure passe et si ça continue, on ne pourra pas assister au spectacle de ma sœur. Je sais qu'il n'était pas ravi d'y aller, mais il m'a promis qu'il viendrait. Il n'est pas du genre à se désister à la dernière minute. Et il sait qu'il ne faut pas jouer avec ça avec moi, car je pourrais sortir mes griffes.

Mon téléphone se met à sonner au moment où je retourne sur mes pas. Adrian ! Ouf ! Enfin !

Plus fort que moi, je me mets à crier :

— Tu abuses, Adrian ! Pourquoi ne répondais-tu pas ?

Silence. Il se fout de moi ou quoi ?

— Adrian ? Tout va bien ?

Toujours rien. Mais qu'est-ce qu'il fout ? La panique me submerge de nouveau.

— Tu me fais peur. Dis-moi où tu es.

Des bruits sourds viennent jusqu'à mon oreille. Ça me fait penser à des talons qui claquent sur le sol.

— Adrian ? Tu m'entends ? Tu es sur la route ?

Je viens d'arriver devant ma sœur et Seb, qui me regardent étrangement. Je n'entends rien. J'éloigne le téléphone de mon oreille afin de leur expliquer la situation :

— C'est Adrian, mais je ne l'entends pas.

— Ne stresse pas, dit Seb. Le réseau passe peut-être mal.

Il a sûrement raison, mais je ne saurais pas me calmer tant que je n'aurais pas entendu le son de sa voix.

J'insiste :

— Adrian ? Tu es toujours là ?

Encore des bruits de talons. Mais avec qui est-il ?

— Tu es avec quelqu'un ? Rappelle-moi. Il doit y avoir un souci de réseau.

Un nouveau silence. Bon sang, que ça m'énerve.

— Bon… écoute, je te rappelle tout de suite.

Prête à raccrocher, je me ravise lorsqu'un énorme vacarme retentit. Ça grésille comme si la ligne allait se couper puis tout d'un coup, j'entends :

— Tu vas crever. Grouille-toi de monter dans la caisse !

Le timbre lugubre de cette voix me fait sursauter. Je laisse échapper un cri de stupeur puis je plaque une main sur ma bouche, totalement ahurie. Valens ! Ça doit être lui.

— L'heure de ta mort a sonné. Tu vas payer pour tout ce que tu as fait !

Ma respiration se coupe un instant. Qu'est-ce qu'il est en train de faire à mon voyou ?

Je reste de marbre, le téléphone toujours collé à mon oreille en regardant Seb et Alicia d'un air angoissé.

— Que se passe-t-il ? demande Alicia, inquiète.

Mes mains tremblotent et mon estomac se noue. Mais finalement, j'arrive à articuler au bout de quelques secondes :

— Adrian est en danger. Valens veut le tuer.

Des larmes se mettent à couler à torrents sur mes joues. Il est revenu et j'ai bien peur qu'il soit trop tard. Je dois le sauver. Mais comment vais-je faire pour le retrouver ?

Chapitre 3
Andy
BB Brunes

Vanessa
10 ans plus tôt.

Quand je serai grande, je serai pâtissière. J'adore faire des gâteaux. C'est maman qui m'a donné le goût à sa passion. Nous en confectionnons chaque week-end. Des grands, des petits, au chocolat, aux fruits, recouverts de chantilly ou de pâte à sucre. Je pourrais passer des heures et des heures en cuisine et j'avoue aussi que j'ai un faible pour lécher les fonds de plats. Hum... que c'est bon la crème pâtissière à la vanille ou au chocolat... Mais ce que je préfère le plus, c'est la recette de la chantilly de maman. C'est la meilleure de toutes et il n'y a que moi qui connais son petit secret pour qu'elle soit bien ferme et succulente.

Maman est super gentille. Elle passe tout son temps libre avec moi lorsqu'elle n'est pas au boulot. Elle s'occupe d'enfants dans une crèche. Elle vient me chercher tous les jours à la sortie de l'école, mais je sais qu'elle ne pourra plus le faire d'ici quelques mois. Je vais devoir prendre le bus pour me rendre au collège. Je déteste les cours, mais j'essaie de ramener de bonnes notes, car je n'aime pas quand maman se fâche. Elle m'a dit que je dois bien travailler si je veux être pâtissière, alors je fais du mieux que je peux.

Aujourd'hui, nous nous sommes levés de bonne heure afin de réaliser un gâteau pour mon frère Andy. Il a 19 ans et il est chiant. Il n'arrête pas de m'embêter. Il dit que je ne suis pas belle. Pourtant moi je me trouve jolie. J'ai de longs cheveux blonds, de superbes yeux bleus et Grégoire dit toujours que j'ai un magnifique visage d'ange. Grégoire c'est mon beau-père. Je l'aime bien. Il est directeur d'une agence immobilière.

Mon papa est mort lorsque j'avais un an. Il avait une maladie incurable. Un cancer, je crois. Mais je ne pose jamais de questions à maman, car elle est triste quand on parle de lui. Maintenant, elle est heureuse avec Grégoire. Elle l'aime beaucoup. Ils se font tout le temps des bisous et quand c'est ça, je suis obligée de fermer les yeux. C'est répugnant. Surtout quand il met sa langue dans sa bouche. Pourquoi font-ils ça ? Moi je n'ai jamais embrassé un garçon et je ne veux pas de Grégoire dans ma vie. J'aime bien jouer avec mes copines. C'est beaucoup plus drôle. On chante, on danse et on s'amuse à faire des sketchs ensemble. C'est bien mieux que de récurer la bouche d'un garçon et de découvrir ce qu'il a mangé dans la journée.

Pour en revenir à nos moutons, c'est l'anniversaire de mon frère aujourd'hui. J'espère qu'il va être content de voir le beau gâteau qu'on lui a confectionné. Mais il est chagriné en ce moment. Il ne ramène plus de bonnes notes à la maison depuis que sa copine Roxanne l'a quitté. Pourtant, il travaillait très bien à l'école. Mais non, ça ne va plus depuis que Roxanne a fait une bêtise. Une grosse bêtise ! Elle a embrassé un autre garçon et Andy a pleuré, pleuré, pleuré pendant plusieurs jours. J'ai essayé de le consoler, mais il m'a envoyé balader. Il voulait rester seul. Bon, je ne lui en veux pas. Je sais qu'il reviendra me charrier dans quelques jours et je suis sûre qu'il se trouvera une autre Roxanne. Une plus gentille et qui l'aimera de tout son cœur. Après tout, il n'a que 19 ans. Il a le temps pour se marier.

Maman pose le gâteau sur la table de la salle à manger puis le photographie. Il est magnifique. C'est une pièce montée recouverte de pâte à sucre blanche et noire. Il est décoré de notes de musique. Andy est musicien. Il joue de la guitare depuis qu'il a huit ans.

— Il devrait bientôt arriver, dit-elle en consultant sa montre. J'espère qu'il sera content.

Elle esquisse un sourire puis me prend en photo.

— Tu es très jolie. Cette robe te va à ravir.

Je rougis. C'est Grégoire qui l'a choisie. Il me fait souvent des cadeaux. Elle est noire, décorée de dentelles et elle m'arrive en dessous des genoux. Il a de bons goûts. Elle est trop belle. Je la garderais tout le temps, même quand elle sera trop petite.

— Merci, maman.

Elle m'étreint et m'embrasse la joue. J'aime bien être dans ses bras. Et en plus, elle sent divinement bon la vanille et le gâteau.

—Je vais aller me changer, dit-elle en me lâchant.

Elle s'inspecte de haut en bas en grimaçant. Son tee-shirt noir est tout blanc, car il a été saupoudré de farine et son pantalon rose est taché de chocolat.

Son téléphone se met à sonner quand elle se dirige vers l'étage. Elle tourne les talons puis répond à l'appel.

—Allô, dit-elle tout en grimpant les escaliers.

Sa voix devient un murmure lorsqu'elle claque la porte derrière elle.

J'entre dans ma chambre. Maman m'a dit ce matin de la ranger. Elle n'aime pas le désordre. Elle dispute souvent

Andy parce qu'il laisse tout en plan. J'avoue qu'elle a raison. Il y a peu de temps, je me suis rendue en cachette dans la sienne. J'ai dû me boucher le nez, car ça sentait trop mauvais. Son lit n'était pas fait et il y avait plein de vêtements à terre. Et ne parlons pas non plus de l'état du sol tout crasseux ! Mon frère a beaucoup changé depuis que Roxanne l'a quitté. Tout était propre dans sa chambre et il passait beaucoup de temps à étudier. Depuis un mois, il sèche les cours et maman le dispute tous les jours.

Prête à ranger mon bureau, je sursaute lorsque j'entends maman crier. Je sors précipitamment de ma chambre, le cœur battant. Elle frappe son poing dans la porte de la salle de bains, des larmes coulent sur ses joues. Elle me fait peur. Que se passe-t-il ? Pourquoi pleure-t-elle ?

—Maman ? dis-je d'une voix presque éteinte.

Elle ne m'a pas entendue. Elle hurle le prénom de mon frère et retape dans la porte. Un cri sort de ma bouche. Je suis terrifiée, clouée sur place. Andy doit avoir des soucis, sinon maman ne réagirait pas comme ça.

—Maman ? insisté-je en m'approchant lentement vers elle. Qu'est-ce qui ne va pas ?

Elle lève les yeux vers moi, les lèvres tremblantes.

—Oh, ma chérie… Il faut qu'on parte d'ici. On doit retrouver Andy.

Je la regarde en fronçant les sourcils. Je veux qu'elle m'en dise davantage. Pourquoi se met-elle dans des états pareils ?

—Qu'est-ce qu'il a, Andy ?

Elle renifle et essuie son nez sur son bras. Beurk.

—Il est…

Elle ne finit pas sa phrase lorsqu'un bruit retentit en bas.

—Chérie, tu es là ?

C'est Grégoire.

Il monte à toute vitesse les escaliers puis se rue sur elle. Il a les yeux tout rouges. Lui aussi a pleuré.

—Je ne veux pas y croire, sanglote ma mère dans ses bras.

Grégoire lui caresse le dos puis embrasse ses cheveux. Un silence s'installe. Seuls les pleurs résonnent dans le couloir. Je me mets à pleurnicher également alors que je ne sais pas ce qu'il se passe. Tous mes membres se mettent à trembler puis tout d'un coup ma respiration se coupe lorsque Grégoire chuchote :

—C'est un vilain rêve, ma chérie. On va se réveiller et la police nous dira qu'ils se sont trompés. Andy n'est pas mort. Il n'a pas sauté d'un pont.

« Andy n'est pas mort ». Oh non ! Ce n'est pas un rêve, mais la réalité. Voilà pourquoi maman pleure. Mon frère est mort ! Non ! Moi non plus je ne veux pas y croire. Mon frère est vivant. Pourquoi se serait-il jeté d'un pont ?

Chapitre 4
Le grand secret
Indochine feat. Melissa Auf De Maur

Zoé

— Valens ? demande Alicia en fronçant les sourcils.

Un frisson me parcourt. Je hoche la tête. Je suis incapable de prononcer un mot. J'ai envie de vomir.

— Mais pourquoi ? Qu'est-ce que tu as entendu ?

Elle pose ses mains sur mes épaules et me regarde droit dans les yeux. Je n'arrive pas à me calmer. Les larmes glissent sur mes joues et dégoulinent jusqu'à mon cou. J'ai la frousse.

— Tu dois nous parler, Zoé. Il faut qu'on sache ce qui se passe.

Inspire ! Expire ! Allez, courage, Zoé ! Tu dois dévoiler ce grand secret maintenant, sinon, tu ne pourras jamais secourir Adrian !

— On a eu quelques soucis, commencé-je à dire en m'essuyant le visage avec la paume de ma main. Mais je vous expliquerai dans la voiture. Il faut qu'on le retrouve au plus vite.

— OK, OK, dit Seb. Allons-y. On va au studio.

Nous cavalons jusqu'à la voiture. Je prends place à l'arrière tandis qu'Alicia s'installe du côté passager. Seb quitte le parking à toute vitesse. Il est temps de leur dire la vérité. Je ne sais même pas par où commencer et j'ai tellement la boule au ventre que je ne sais pas si je vais réussir à parler correctement. Et… que vont-ils penser de tout ça ? Adrian n'a jamais voulu qu'on leur raconte cette histoire parce qu'il a toujours voulu les protéger, mais je ne vais pas avoir le choix de le faire, maintenant. Tout doit cesser, mais ma mission primordiale est de retrouver mon voyou. J'espère qu'il est encore au studio photo. Et s'il n'y est pas, alors j'appellerai la police.

Alicia tourne la tête vers moi et me scrute en l'attente d'une explication.

— Attends deux secondes, lui chuchoté-je en posant mon index sur mes lèvres afin de lui faire comprendre de se taire.

Je jette un coup d'œil à mon téléphone et me rends compte qu'Adrian n'a pas raccroché. Je mets le haut-parleur pour comprendre ce qui se passe à l'autre bout du fil. Malheureusement, je n'entends rien hormis des petits bruits sourds.

J'ouvre le sac et fourre mon téléphone à l'intérieur. J'inspire et je souffle lentement pour essayer de calmer mes pulsations cardiaques, même si je sais que ça ne sert à rien.

Je me lance dans un monologue froid et glauque :

— Cette histoire a commencé le jour de la fête d'Halloween à la crêperie de Guillaume. À un certain moment, je me suis rendue aux toilettes et j'ai aperçu une femme déguisée en mariée ensanglantée. Elle m'a dit de me méfier d'Adrian et elle l'a insulté de connard. Je voulais lui faire ravaler ses mots, mais j'ai laissé tomber en pensant que c'était une vengeance d'une de ses ex. Du coup, je n'en ai pas parlé à Adrian. J'ai essayé d'oublier, jusqu'au jour où j'ai découvert une enveloppe rouge avec un mot étrange et une photo vraiment horrible.

Cette photo ressurgit devant mes yeux. J'ai envie de vomir.

— Et donc ? Qu'est-ce qui était écrit sur ce mot ? Et que représentait cette photo ? s'impatiente ma sœur.

Je déglutis avant de continuer de parler :

— Ce mot disait que je devais être prudente et qu'Adrian était un gros connard, que je devais songer à le quitter avant qu'il me fasse du mal.

— Quoi ? s'exclame Seb en me regardant à travers le rétroviseur. C'est une blague ? Te méfier d'Adrian ?

Il ricane amèrement en secouant la tête puis s'arrête au feu rouge.

— C'est du n'importe quoi. Qui était cette fille ?

Je hausse les épaules.

— Je ne sais pas, mais j'ai un doute sur Vanessa.

Il s'engage de nouveau sur la route tout en répondant :

— Vanessa ? Cette salope qu'il a rencontrée dans un pub et qui l'a laissé plusieurs fois dans la rue ?

Je fronce les sourcils. Je ne suis pas au courant de ce qui s'est passé entre elle et mon chéri. Adrian est assez mystérieux concernant ses relations antérieures.

— Oui, je pense qu'elle a un lien avec tout ça.

J'ouvre mon sac à main, la main tremblante. Adrian est toujours en ligne, mais c'est le silence complet. J'ai envie d'hurler pour qu'on me le ramène sain et sauf.

Non, Zoé, il faut que tu te maîtrises. Il ne faut pas que Valens t'entende.

Je ferme de nouveau mon sac et reprends la conversation :

— Ce n'est pas tout. J'ai aussi découvert une photo dans cette enveloppe où on voyait deux personnes nues. La fille avait une marque de strangulation sur la nuque.

Alicia lâche un cri d'effroi tout en plaquant sa main sur sa bouche.

— Pourquoi as-tu reçu ça ?

— Je n'en sais rien, mais l'homme sur cette photo est Adrian. Pourtant, je sais que ce n'est pas lui qui a fait ça et lui-même ne sait pas comment il a pu se retrouver dans ce genre de situation.

Les larmes me menacent de nouveau. Je ferme les yeux pour contenir ma tristesse.

— Je dois vous dire autre chose.

Je dois faire vite. Seb contourne sur sa gauche. On est presque arrivés au studio.

— Quoi donc ? s'inquiète Alicia.

Elle devient livide.

— Eh bien… vous savez, le jour où vous avez vu Valens et Léa au studio…

— Oui, je me souviens. Adrian avait l'air déboussolé et un peu furieux contre Léa.

— Quelle garce, celle-là, s'exclame Seb. Je ne sais pas ce qu'elle mijote avec ce crétin, mais ils commencent à m'agacer.

Il a raison. Et à mon avis, il va encore plus les détester lorsque je vais lui raconter la fin de cette histoire. Mais là, maintenant, je n'en ai plus le temps. Il faut que je sorte de sa caisse. Il vient de se garer devant le studio. Ce qui me perturbe, c'est que la porte d'entrée est grande ouverte. Dites-moi qu'il est encore là !

Je m'apprête à sortir de l'habitacle, mais Seb m'en empêche en verrouillant les portières.

— Vous restez ici ! Je ne veux pas qu'il vous arrive quelque chose. OK ?

Je fais non de la tête. Je ne resterais pas dans cette voiture sans rien faire.

— Non… je viens.

— Tu restes là, vocifère-t-il.

Il me fait sursauter. C'est la première fois que je vois Seb aussi furieux. Il est rouge de colère. Ses yeux sont devenus sombres comme les ténèbres. Mais même s'il me fait peur, je ne l'écouterais pas. S'il le faut, je briserais la vitre.

— J'y vais en premier, dit-il.

Alicia se détache et pose sa main sur son épaule.

— Mais…

— Tout va bien se passer, mon cœur. Je serai prudent.

Il l'embrasse sur le front avant de déverrouiller les portes puis il sort.

— J'y vais aussi, dis-je, prête à ouvrir la portière.

Alicia se penche à l'arrière et attrape mon poignet.

— Non, reste avec moi. Je n'ai pas envie d'être seule dans cette caisse. S'il te plaît…

Elle me fait les yeux du Chat Potté dans Shrek, mais pour une fois, ça ne me fait pas rire.

— Seb ne reviendra pas seul. Adrian sera avec lui.

Je dégage sa main de mon poignet. Je n'ai pas ce pressentiment.

— Je dois y aller, Alicia. J'ai peur qu'il lui soit arrivé quelque chose.

— Tu peux me dire ce qu'il s'est passé le jour où Valens et Léa sont venus au studio photo ?

Je soupire en fermant les paupières puis lui avoue :

— Léa était venue pour demander de l'aide à Adrian, mais Valens l'a retrouvée et il les a menacés avec un flingue.

Alicia se met à crier à m'exploser les tympans.

— Et pourquoi ne m'as-tu rien dit ?

— Parce qu'il voulait vous protéger.

— La police aurait pu l'arrêter. Il ne faut pas laisser ce genre d'ordure dans la nature.

Paniquée, elle regarde autour d'elle comme si elle cherchait après quelque chose.

— Je sais, Alicia. Mais il ne voulait pas en parler à cause de la photo. Il avait peur que tout se retourne contre lui. Ne m'en veux pas, mais je dois y aller.

Elle ouvre la boîte à gants et extirpe une clef pour démonter une roue.

— OK, mais on prend ça !

Je la scrute, perplexe.

— Pour quoi faire ?

— Pour assommer Valens.

Je ne suis pas certaine que ce soit cet objet qui va l'assommer. Mais elle a raison, mieux vaut être prudentes.

— Allons-y, dis-je.

Je sors de l'habitacle puis cours jusqu'à l'entrée du studio. J'y pénètre à pas de loup, une douleur erratique qui me comprime la poitrine, et contemple les alentours avec méfiance. C'est le silence complet.

Je vais jusqu'à la pièce personnelle d'Adrian puis observe discrètement au coin de la porte. J'aperçois Seb, seul, qui tient une photo dans ses mains. Je rive mon regard au sol, où je découvre une enveloppe rouge et un papier blanc. Je sens que tout ceci ne va pas me plaire. La peur se propage rapidement dans tout mon corps.

Une lueur d'angoisse traverse les yeux de Seb. Je lui chope la photo. Oh ! Mon Dieu ! L'horreur ! De la bile me remonte dans la gorge. C'est Adrian avec une fille qui porte une marque de strangulation sur la nuque. Encore ! J'en ai marre !

Je suis prise d'un vertige. Alors tout doucement, je me laisse glisser sur le sol, les larmes se déversant sur mon visage. Je me mords le poing afin d'éviter de crier. Pourquoi tout ceci nous tombe sur le dos ?

D'une main tremblante, j'attrape le mot qui est à terre et le lis :

Rendez-vous ce soir au studio « Rebel'photo » pour 18 h 30.
La partie ne fait que commencer.
P. S : Ta vie est en jeu. Soit tu te tais soit tu crèves.

Je trouve ce mot horrible, mais aussi étrange. Pourquoi donner un rendez-vous à Adrian alors qu'il travaille ici même ? Peut-être que Léa était également invitée.

Tout devient confus dans ma tête. Il fait un froid cinglant dans cette pièce, un froid de terreur. Je pensais que c'était Vanessa qui était à l'origine de cette farce. Mais quel lien aurait-elle avec Valens ? Et pourquoi sont-ils aussi cruels avec Adrian ?

Je sais ce qu'il me reste à faire : appeler Juliette. Elle saura sûrement retrouver son frère.

Chapitre 5
I want to break free
« Je veux me libérer »
Queen

Adrian

Me voilà kidnappé dans une putain de caisse qui pue le fric avec Léa et Roxanne. Tous les trois les mains ficelées par un cordage derrière le dos. Je suis dans une merde horrible. Ils vont nous faire la peau. J'avoue que j'ai la frousse. La sueur dégouline le long de ma nuque et des frissons me submergent sans cesse. Je suis foutu, destiné à rejoindre les ténèbres alors que je suis un innocent dans toute cette histoire.

Je jette un coup d'œil sur ma gauche, là où se trouve Léa. Elle sanglote, des larmes ruissellent sur ses joues. Jusqu'à présent, je n'avais pas fait attention à sa tenue vestimentaire. Mais il faut dire que deux cinglés me préoccupaient l'esprit. J'ai dû mal à reconnaître la femme que j'aimais. Elle a toujours été très coquette. Elle portait régulièrement des tailleurs cintrés ou des jolies robes aguicheuses avec des escarpins assortis à ses vêtements. Là, actuellement, elle est habillée d'un vieux jogging gris tout moche, de baskets blanches toutes crasseuses et sa coiffure ne ressemble vraiment pas à grand-chose. Ses cheveux blonds comme les blés sont laissés longs, mais ils ont plein de nœuds. Elle me fait un peu pitié. Son visage est terne et je remarque qu'elle a un hématome sur la nuque. Une couleur violacée qui me fait penser à un acte de violence.

Un coup d'œil sur ma droite : Roxanne. Une jolie brune aux cheveux au carré. Elle est dans le même état que Léa. Elle pleure. Sa robe blanche lui remonte pratiquement jusqu'en haut des cuisses, mais elle s'en fiche. Elle a peur. Elle ne sait pas ce que Valens et Vanessa lui réservent. Et dire que je ne pensais plus jamais revoir cette fille, une de mes amourettes de jeunesse. Dès que Vanessa lui dit de se taire, elle sursaute et baisse les yeux. Terrorisée.

Valens conduit une berline noire tandis que Vanessa, assise du côté passager, braque son arme devant nous sans nous lâcher du regard. Garce ! Non, le mot garce est bien trop faible pour la définir. Je dirais que c'est une ordure. Oui, j'ai deux ordures devant moi qui ont monté un plan pour me faire disparaître. Je ne sais pas où ils nous emmènent. Ils nous ont directement jetés à l'arrière de la voiture lorsque nous avons quitté le studio. Une caisse noire nous suit de près. Il s'agit du mafieux qui m'a attaché les mains. Je ne sais pas qui il est, mais je suppose que Valens doit connaître pas mal de monde pour assouvir ses désirs. Et à cause de ce cordage qui me serre affreusement les poignets, je ne peux pas regarder si je suis encore en conversation avec Zoé. J'espère qu'elle a compris que j'ai besoin d'aide.

Vanessa nous sourit diaboliquement. Depuis qu'on est rentrés dans cette caisse, j'ai envie de la questionner. Je me suis tu jusqu'à présent, mais je dois tout savoir avant de crever. De toute évidence, mes chances sont minimes pour que je m'en sorte. Zoé est mon seul espoir. Mais arrivera-t-elle avant le massacre ?

Je lui lance un regard froid comme de la glace et lui demande :

— Pourquoi ? Qu'est-ce que j'ai pu te faire pour que tu aies autant de haine contre moi ? Et pourquoi Roxanne est-elle également là ? Et Léa ?

J'arrête mon interrogatoire, mais j'ai tellement de questions en tête.

— Pourquoi ? répète-t-elle en se détachant.

Les battements de mon cœur s'accélèrent lorsqu'elle penche sa tête vers la mienne. Elle me colle le flingue sur la tempe. Putain de bordel ! Je pourrais lui héler les pires noms d'oiseaux que j'aie en tête, mais je risque de le payer si je fais ça. Elle va m'assommer avec sa putain d'arme.

— Parce que tu as fait de ma vie un enfer.

Sa rage se manifeste dans ses yeux. Je lui ai fait vivre un enfer. Cette fille se drogue.

— OK, bah… je voudrais bien comprendre un peu. Tu n'as pas aimé me baiser, c'est ça ? J'étais un mauvais coup pour toi ?

Elle me crache en plein visage au lieu de me répondre. Je grimace et serre les dents.

— OK, j'ai compris. Apparemment, je ne t'ai pas fait prendre ton pied. J'en suis navré, dis-je ironiquement.

Elle se met à grogner puis hurle :

— Je ne sais pas comment j'ai réussi à coucher avec toi. J'ai dû me forcer à prendre du plaisir alors que tu me répugnes tellement.

Et bim ! Elle me recrache en plein visage. Mon pouls palpite dans ma gorge. Si seulement je pouvais me détacher et lui foutre une baffe. Ou la jeter hors de la voiture ! Après tout, elle veut me buter.

Je veux qu'on me libère, bordel !

— J'ai simulé un orgasme pour te faire croire que tu étais un dieu du sexe, mais tu es loin d'en être un. Léa a dû bien s'ennuyer avec toi. Heureusement que papa a réussi à la sortir de tes griffes. Mais elle n'attend rien pour le payer aussi.

Elle s'adresse à Léa :

— On a plus besoin de toi maintenant et il est temps que je venge mon frère et ma mère. Je te remercie quand même de nous avoir mis sur le chemin de ce connard.

Elle braque son regard meurtrier dans celui de Roxanne.

— Et tout ça, c'est surtout à cause de toi, sale garce ! Tout ceci n'aurait pas lieu si tu n'avais pas trompé Andy. Dire que je t'aimais bien, mais tout est ta faute. Votre faute !

Ses yeux font la navette entre Roxanne, Léa et moi. Elle déborde de rage. Je commence à comprendre. Roxanne avait un copain, un petit bourgeois intello et elle l'a trompé avec moi. Vanessa est donc sa sœur. Et maintenant, je sais pourquoi Roxanne connaît Valens. C'était le père de son ex. Putain ! Mais qu'est-il est arrivé à son frère et à sa mère ? Est-ce que Roxanne le sait ? Me cache-t-elle des secrets, elle aussi ? Je n'ai jamais su que son ex était mort, mais il faut dire que je n'ai plus eu de nouvelles de Roxanne lorsqu'elle a déménagé. J'aurais pu fouiner longtemps dans ma tête. Jamais je n'aurais pensé une chose pareille. Ma sœur m'avait donné quelques indices sur Valens. Je me souviens encore de ses paroles :

« *Valens Grégoire. Il est directeur de l'agence immobilière "Valen's immobilier". Veuf et il a également perdu un fils.* »

Et voilà comment il a réussi à me voler la femme que je devais épouser. Le salopard ! Elle n'était pas de son côté.

Ce type l'a battue pour qu'elle lui donne des indices sur moi. Elle m'avait prévenu et je ne voulais pas y croire. Mais pourquoi n'a-t-elle rien dit à la police ? Par quel moyen s'est-elle fait manipuler ? Je ne comprends toujours pas non plus le mystère des photos. Comment ai-je pu me retrouver avec la sœur de Roxanne dans un lit ? Ils nous ont sûrement drogués et quand j'y repense, c'est Seb qui est souvent venu me repêcher lors de mes déboires au coin d'une rue, car j'étais dans un état lamentable. Je ne me souvenais jamais de rien.

Quel boulet je suis !

Vanessa murmure quelque chose à l'oreille de son père. Il hoche la tête puis s'engage sur l'autoroute. Mais où nous emmène-t-il ? Putain ! On n'est pas sortis de l'auberge.

Chapitre 6
Maman
Louane

Vanessa
8 ans plus tôt.

Quand je serais grande, je serais tueuse à gages. Je ne veux plus être pâtissière. Je n'aime plus faire des gâteaux. J'ai envie de meurtre. Oui, je veux tuer une personne. J'aime regarder des films d'action et d'épouvante et grâce à ça, j'imagine des scénarios dans ma tête pour faire disparaître Roxanne. Elle va mourir très bientôt.

La vie a changé depuis qu'Andy est parti. Déjà deux ans. Deux ans dans le chagrin. Il me manque énormément. Il n'y a pas un seul jour où je ne songe à lui. Il était trop jeune pour mourir.

Je ne pensais pas qu'il se serait suicidé à cause d'une déception amoureuse. Nous avons découvert une lettre dans sa chambre, posée sur son bureau. Il disait qu'il détestait sa vie actuelle et qu'il était au bord du gouffre. Il aimait très fort Roxanne. Il voulait la récupérer, mais elle n'a rien voulu savoir. Il n'a jamais supporté de la perdre et c'est pour cette raison qu'il s'est jeté d'un pont, dans la forêt domaniale de Montmorency.

Je lui en veux. Oui, je lui en veux de nous laisser dans la tristesse. Je lui en veux de nous avoir abandonnés. Je lui en veux parce que maman pleure tous les jours. Elle ne veut plus travailler à cause de lui. Elle passe ses journées enfermée dans sa chambre à dormir. Le médecin lui a donné plein de médicaments pour la calmer. Elle est droguée. Elle ne répond pas quand je lui parle. Elle ne me fait plus de câlins. Elle est dans sa bulle.

C'est Grégoire qui s'occupe de moi, mais il n'est pas souvent là. Il passe beaucoup de temps à son travail. Je ne peux pas lui en vouloir. Il faut bien que quelqu'un ramène de l'argent pour qu'on vive. Il est triste aussi, mais il se montre fort. J'aime cet homme de plus en plus. Je le considère comme mon véritable papa.

J'ai pris quelques cours par correspondance lorsque mon frère est mort puis je suis retournée à l'école il y a maintenant six mois. Je n'ai pas de copines ni de copains. On me laisse toujours seule. Je pleure tous les matins pour ne pas y aller. Mais papa me console. Il est trop gentil. Il me ramène un cadeau chaque soir. Ma boîte à bijoux déborde.

Il y a quelques mois, j'ai aperçu Roxanne qui flânait sur le champ de Mars lors du marché de Noël. Elle ne m'a pas vue, mais moi je l'ai épiée discrètement. Elle a beaucoup changé. Ses cheveux bruns étaient coupés au carré et elle n'était plus maquillée de façon gothique. Elle portait une grosse doudoune blanche et un pantalon noir moulant. Elle rigolait avec un garçon et elle l'embrassait souvent sur la bouche. Je l'ai vue faire un tour sur la patinoire pendant que je prenais un chocolat chaud avec papa. Elle semblait heureuse. Moi, j'étais en colère. Oui, furieuse, en rage parce qu'elle a vite oublié mon frère. Je suis certaine qu'elle avait fait tout un cinéma lors de son enterrement. Elle pleurait sans cesse ce jour-là. Mais tout est sa faute si on en est là aujourd'hui. Elle va payer pour tout le mal qu'elle a fait.

Maman n'est pas sortie de sa chambre depuis ce matin. D'habitude, elle se lève au moins quatre fois pour aller aux toilettes. Je m'inquiète. Elle ne veut jamais que j'aille la voir, mais pour une fois, je vais lui désobéir. Et puis, j'ai envie d'un câlin et de lui parler un peu.

Je sors une bouteille d'eau du frigo, bois au goulot puis la pose sur la table de la cuisine avant de me diriger vers sa chambre qui est à l'étage. Je frappe à la porte, le cœur battant, mais elle ne répond pas. J'insiste. Toujours rien. Elle dort peut-être.

J'ouvre la porte discrètement et entre dans sa chambre. Il fait sombre et ça sent un peu mauvais. Je grimace en avançant vers son lit. Elle a la tête tournée vers le mur. Ses longs cheveux blonds sont dispersés sur l'oreiller et un drap blanc la recouvre jusqu'à sa poitrine.

— Maman, chuchoté-je. C'est moi, Vanessa.

Elle ne répond pas.

— Maman, c'est moi !

Je pose ma main sur son épaule et la secoue légèrement. Elle est glacée et ne réagit pas. Mon Dieu ! Non ! Ne me dites pas qu'elle est… morte ? Non ! Je ne veux pas croire une chose pareille. Elle a juste froid et elle dort paisiblement.

Je la retourne et la découvre les yeux grands ouverts. Je pousse un cri en me reculant Maman ne cille pas. Elle est blanche comme un linge. Pourquoi ? Que lui est-il arrivé ?

Je me rapproche d'elle, tandis que des larmes glissent sur mes joues, puis je m'assieds au bord du lit. Je la regarde puis caresse son visage. Elle était si jolie. On me disait toujours que je lui ressemblais beaucoup. Elle avait la joie de vivre, elle aimait beaucoup les enfants et elle riait constamment.

C'était une belle personne, mais Roxanne l'a détruite. Tout est sa faute. Elle va finir en enfer.

Je ferme les yeux de maman et me lève. Elle est partie rejoindre Andy et je ne la reverrai plus.

— Je vous vengerai. C'est promis, murmuré-je. Un jour, je tuerai Roxanne !

Chapitre 7
Tous les cris les S.O.S.
Daniel Balavoine

Zoé

— Il faut prévenir Juliette, m'exclamé-je, affolée.

Alicia entre en trombe et observe ce que j'ai dans les mains.

— Que se passe-t-il ? demande-t-elle en avançant vers moi.

— Adrian est en danger.

Je déchire la photo et balance tous les morceaux en l'air. Je ne veux plus la regarder. Adrian a été piégé. Jamais il n'aurait fait une chose pareille. Il est loin d'être violent et je le prouverai.

— Tout ceci est un canular. Adrian est victime d'une vilaine farce. Appelez Juliette, je suis certaine qu'elle saura quoi faire pour le sauver. Je vais aller voir si sa voiture est garée sur le parking.

Seb hoche la tête puis passe l'appel. Je n'attends pas de voir la réaction de ma sœur, je sors comme une balle du studio. Les larmes n'en finissent plus de se déverser sur mon visage. J'espère que je n'arriverai pas trop tard. J'espère que ce salaud de Valens va se faire pincer rapidement et qu'il va crever en prison. C'est tout ce qu'il mérite.

Je cours jusqu'au parking et m'aperçois que la voiture d'Adrian est toujours là. Je jette un coup d'œil à l'intérieur en approchant mon visage de la vitre du côté conducteur. Il n'y a personne. Et merde ! Je me doutais que je ne le retrouverais pas ici, mais j'avais un petit espoir.

J'espère que tu vas bien, mon voyou et que tu arriveras à te sortir des griffes de cette pourriture !

Je remonte rapidement la ruelle et découvre Seb au téléphone. Je suppose qu'il est en communication avec Juliette.

Alicia ouvre la portière arrière de sa voiture et me fait signe de grimper. Je m'exécute en sanglotant puis prends mon visage entre mes mains. J'ai envie de vomir. Pourquoi Valens lui fait-il subir tout ça ? J'ai entendu des bruits de talons lorsque j'étais en ligne avec Adrian. Est-ce que Léa est également avec eux ? Comment va-t-il s'en sortir avec ces deux personnes sur le dos ? Et s'ils l'avaient déjà tué ? Oh non, non, non ! Je ne veux pas penser à ça. Il est vivant. Oui, il est en vie et je vais le retrouver. Je ne pourrais pas vivre sans lui. Adrian est mon âme sœur, ma moitié, mon confident, celui qui me rend folle chaque jour, mais qui me fait aussi rire, qui me rend la vie belle et il est la personne que j'aime le plus au monde. Il m'a appris à avoir confiance en moi. Je doute moins depuis que je suis avec lui. Il m'a ouvert les portes de l'amour. Je ne connaissais pas vraiment cet univers avant de le connaître. Il m'a offert tout ce que je voulais et je suis persuadée qu'il continuera à me rendre heureuse.

Adrian, reviens-moi ! Je vais crier au monde entier pour qu'on te retrouve !

Seb entre dans la voiture. Je sursaute lorsque la porte claque. Il attache sa ceinture et met le moteur en route.

— Dis-moi ce que t'a dit Juliette, sangloté-je.

— Elle est en train de le géolocaliser. Elle va me rappeler.

— Tu lui as tout raconté ?

Il secoue la tête en me regardant à travers le rétroviseur. Je dois être aussi blanche que lui.

— Non, mais je lui ai mentionné les grandes lignes. On va le retrouver, Zoé. Sain et sauf.

— Oui… on va le retrouver, affirme Alicia. Ne t'en fais pas ma p'tite sœur, je suis sûre qu'il va bien.

Elle me décoche un clin d'œil, mais je ne suis pas rassurée pour autant. Tout ce que j'espère, c'est qu'on n'arrivera pas trop tard, car si c'est le cas, je ne me gênerai pas pour réduire Valens en poussière.

J'ouvre mon sac d'une main tremblante puis jette un coup d'œil à mon téléphone, mais malheureusement, la ligne est coupée. Plus d'Adrian. Et d'ici quelques minutes, mon téléphone va s'éteindre, car je n'ai plus que 5 % de batterie. La poisse !

Seb s'engage sur la route. Je ne sais pas où il va, mais il est certain que l'on ne peut pas rester ici sans rien faire. Fouillons les rues de Paris et retrouvons-le, le plus vite possible.

Chapitre 8
The future is now
« Le futur c'est maintenant »
The Offspring

Adrian

Après plus de trente minutes de route, Valens gare sa caisse sur un parking, pas très loin d'un petit pont. Je reconnais ce lieu. J'y suis déjà allé une fois dans ma jeunesse avec mes parents. Il s'agit de la forêt domaniale de Montmorency. J'avoue que je trouvais l'endroit charmant, mais actuellement, ce n'est plus le cas. Je pense que c'est le lieu qui verra ma mort. Je vais crever pour de bon. J'ai bien l'impression que personne ne viendra nous secourir. Comment Zoé va-t-elle se rendre compte que je suis ici ? Je suis loin de tout. Il ne doit pas y avoir de réseau et malheureusement, il n'y a pas l'air d'y avoir un chat qui se promène dans ce bois. Quelle merde !

La voiture qui nous suivait se gare derrière celle de Valens. Le mafieux sort de sa caisse puis accourt vers nous. Il me dit vraiment quelque chose. Mais où l'ai-je vu ? Je ne pense pas qu'il est déjà venu au studio. Non, franchement, je me serais souvenu d'un type comme lui qui a une énorme cicatrice sur la joue. On ne voit que ça quand on l'observe.

Valens ouvre la vitre et lui murmure quelque chose à l'oreille tandis que Vanessa nous contemple toujours de son regard de sorcière. Je ne la lâche pas des yeux afin de lui montrer que je n'ai pas peur d'elle, même si ce n'est pas le cas. En réalité, je suis mortifié. Mais je dois être fort et lui prouver que je suis un homme et non une mauviette. Comment ai-je pu la baiser ? Elle n'est pas si jolie que ça tout compte fait. Non, car la beauté vient de l'intérieur et elle, elle dégage une âme de grosse salope. Excusez-moi du terme, mais c'en est une. J'ai vraiment fait d'énormes erreurs dans mon passé.

— Allez… ne perdons plus de temps, lâche Valens en se retournant vers Vanessa. Qu'on en finisse au plus vite avec ces trois-là.

Vanessa acquiesce d'un hochement de tête puis sort de la voiture. Elle ouvre la portière arrière tout en cachant son flingue dans une poche de sa combinaison.

— Ce n'est pas parce que je ne la pointe plus sur vous que vous avez le droit de crier, dit-elle en approchant sa tête vers celle de Roxanne.

Elle plonge ses yeux diaboliques dans les siens puis lui crache en pleine figure. Je serre les dents afin de ne pas lui faire la misère. Si seulement je pouvais lui planter mes crocs dans sa gorge…

— Un seul bruit, un seul mot et je vous bute sur-le-champ. OK ?

Personne ne répond.

— OK ? insiste-t-elle en hurlant.

Roxanne hoche la tête, tremblante de peur.

— Sortez et restez près de moi, bande d'imbéciles.

Roxanne sort puis je la suis sans broncher.

— Magne-toi, hurle Vanessa à Léa.

Léa se joint à moi. Elle vacille légèrement puis fixe ses pieds. Je la trouve fort mincie et elle a d'énormes cernes sous les yeux. Putain, mais que lui a fait cette ordure ?

J'espère qu'il n'est rien arrivé à son bébé. D'ailleurs où est-il ? Et dire que pendant des mois, je la détestais parce que je pensais qu'elle voulait foutre la merde dans mon couple. Mais en réalité, elle était manipulée par ce con ! Bon, je lui en veux toujours pour ce qu'elle m'a fait endurer, mais elle ne méritait pas non plus d'être sous son emprise. À mon avis, il s'est passé des choses pas très nettes entre eux.

Valens se pointe devant nous tandis que le mafieux s'éloigne vers le bois pour passer un appel. Je suis certain qu'il y a un complice de plus dans cette affaire. Sûrement une personne qui est sur le lieu de notre mort.

— Voilà une belle brochette d'abrutis devant moi, s'exclame Valens en se frottant les mains. Une belle brochette que l'on va brûler jusqu'à ce qu'elle soit carbonisée.

Il regarde sa fille puis se met à rire. Je grogne. J'aimerais que les liens du cordage se relâchent pour que je puisse les carboniser moi-même. Mais je ne peux pas, car ils sont trop serrés. Je suis donc condamné à écouter leurs conneries.

Valens s'approche de Léa puis lui caresse la joue, ce qui la fait grimacer.

— Tu as été une excellente partenaire, ma chérie. Dommage que tu sois si naïve.

Il fait glisser ses doigts lentement le long de sa joue, regarde à droite et à gauche puis lui donne une claque monstrueuse. Si forte qu'elle se met à pleurer en tombant sur l'asphalte. Valens la relève en empoignant vivement son bras puis dégage ses cheveux collés sur son visage. Quelle ordure ! Je me sens mal d'être aussi impuissant.

Je contemple la joue bien rouge de Léa où Valens a laissé les marques de ses gros doigts puis lui lance un regard meurtrier. Il ne le remarque pas puisqu'il plante ses yeux diaboliques dans ceux de sa victime. Comment a-t-elle pu rester avec ce psychopathe ? J'ai toujours su qu'il était violent avec elle. Mais pourquoi n'a-t-elle jamais réussi à sortir de ses griffes ? Par quel moyen la faisait-il taire ? J'aimerais bien découvrir tous les secrets de cette histoire avant de crever.

— Je ne suis pas certain que j'y serais arrivé sans toi. J'étais agacé lorsque je t'ai vue la première fois avec lui devant mon agence, mais j'ai tout de suite compris que je ne devais pas me morfondre et que je devais mener un plan pour vous faire disparaître.

Il s'adresse à moi en me décochant un regard de serpent :

— Tu vois... si j'ai réussi à attraper Léa et à la baiser, c'est parce que tu ne devais pas la rendre heureuse tout compte fait. J'ai juste claqué des doigts (il fait le geste) et elle est tombée dans mes bras. Et tu sais quoi ?

Il approche son visage du mien et nous nous dévisageons en silence. Qu'il ne s'avise pas de me coller une gifle, car même si j'ai les poignets attachés, je pourrais me ruer dessus. Un coup de genoux dans ses parties et il va chialer toutes les larmes de son corps.

— Tu aurais dû te remettre en question plus d'une fois. Si tu étais si bon au pieu, ta copine ne serait pas partie pour prendre son pied ailleurs. Ce que j'ai vraiment apprécié, c'est lorsqu'elle m'a avoué qu'elle avait souvent simulé, te faisant croire que tu la faisais grimper aux rideaux.

Crétin ! Comme si elle avait simulé !

Il lâche un rire acide. Je suis en train de bouillir.

— Je suis certain que ta petite amie actuelle fait la même chose. On ne peut pas être doué partout, mon cher Adrian.

L'adrénaline inonde mon corps et je sais que s'il continue à me sortir des conneries pareilles, je ne me gênerai pas pour le castrer.

Résiste, Adrian, où tu vas te faire buter sans connaître toute la vérité !

— Quant à toi, petite salope, lâche-t-il à Roxanne (il fait deux pas vers elle et la fixe de ses yeux froids), tu ne m'as pas trop facilité la tâche. Il a fallu que je fouine dans ta putain de vie pour essayer de trouver le moyen de te punir. J'ai passé d'excellents moments avec ta petite sœur chérie, mais malheureusement elle n'était pas aussi docile que Léa. Comme on dit, les chiens ne font pas des chats. Aussi perverse que toi.

Il lève la main vers son visage, prêt à lui en coller une, mais il se ravise pour je ne sais quelle raison et aboie :

— Quel jour est-on aujourd'hui, Roxanne ?

Roxanne ouvre ses lèvres tremblantes, mais aucun mot n'en sort.

— Je t'ai dit : quel jour est-on aujourd'hui, Roxanne ? insiste-t-il en prenant son menton dans sa main, la voix cinglante.

— Le 22 mars, balbutie-t-elle, tandis que des larmes s'échouent sur ses joues roses.

— Et que s'est-il passé il y a dix ans, le 22 mars ?

Elle ferme les paupières.

— Andy... Il...

— Il quoi ? Et ouvre les yeux !

Elle obéit. Je m'aperçois qu'il serre fortement sa mâchoire. Il va la broyer s'il continue.

— Il est mort, lâche-t-elle d'une voix presque éteinte.

Les narines de Valens fument, faisant ressortir toute la haine qu'il a en lui.

— Oui, il est mort. Il est mort parce que c'est toi qui lui as fait faire ça. Il est mort, parce que tu lui as fait du mal.

Il marque un petit temps et la fixe droit dans les yeux, le visage crispé, puis il reprend :

— Il est mort parce que tu as pensé à ton petit cul de salope et ma femme s'est suicidée également à cause de toi. Elle ne s'en est jamais remise.

Un lourd silence s'installe puis il lui met une baffe, ce qui fait valser sa tête à l'arrière.

— Sale petite peste. Tu n'as même pas eu de rancœur. Tu t'es envoyée en l'air avec d'autres types et tu as continué à faire ta vie comme si de rien n'était. Comment as-tu pu lui faire ça ?

Mais pourquoi Roxanne ne m'a-t-elle rien dit ? OK, elle avait déménagé et on n'était plus en contact, mais elle aurait dû venir m'en parler. Elle savait où j'habitais.

Il se met face à moi en me lançant un regard foudroyant. Il est si près que je peux sentir son souffle. Il pue l'alcool et la cigarette.

— Vous allez tous crever un par un. Tu es la cause numéro deux de la mort de mon fils et de ma femme. Ton sort est maintenant entre mes mains.

C'est tellement facile de dire que je suis également responsable de sa mort. Je me souviens très bien que Roxanne n'était pas amoureuse de son fils. Il était barbant et ne pensait qu'à ses études. La solitude lui a tant pesé qu'elle en est venue à le tromper. OK c'est mal, mais pourquoi rester avec quelqu'un si les sentiments ne sont plus là ? Et puis, ce n'est pas notre faute s'il s'est suicidé. Il n'avait qu'à être plus présent pour elle et tout ceci ne serait pas arrivé.

Valens recule d'un pas et fait un signe de main au mafieux.

— Oui, patron ?

— Il est temps de nous débarrasser d'eux, maintenant. Tu vas rester derrière nous, je ne voudrais pas qu'il y en ait un qui nous échappe. OK ?

Le mafieux hoche la tête puis me lance un regard perçant. Un regard qui me dit soudainement quelque chose. Mais oui, putain ! Je me souviens. Sa cicatrice sur le visage ! C'est ce mec qui m'a agressé lors du pot de départ de Zoé devant le « café de Lutèce ». Il voulait me dérober mon téléphone. C'était donc un coup de Valens ! Mais comment a-t-il su que j'étais à cet endroit ? Cet enfoiré a dû me suivre à la trace, ce n'est pas possible !

— Mettez-vous l'un derrière l'autre et suivez Vanessa.

Vanessa se dirige vers le petit pont en bois tandis que Valens reste près de moi. Le mafieux obéit aux ordres en se plaçant derrière puis nous nous mettons à la suivre afin de connaître le lieu de notre destin.

Arrivé devant le pont, je tourne la tête quand j'entends une voiture. Une voiture de police ! Oh seigneur, oui merci ! Elle ralentit lorsqu'elle arrive à notre niveau puis le flic du côté passager abaisse sa vitre tout en nous regardant avec un léger froncement de sourcils. Est-ce que la chance va nous sourire ? Malheureusement, non ! Elle continue son chemin sans se soucier du fait que trois personnes sont en danger. N'ont-ils pas vu que l'on avait les poignets attachés ? Bordel ! Je suis vraiment destiné à crever.

Valens me donne une claque sur la tête en me scrutant d'un air hostile :

— Retourne-toi et marche ! Personne ne viendra te secourir. Tu es foutu !

Chapitre 9
You are so beautiful
Tu es si belle
Joe Cocker

Valens Grégoire
4 ans plus tôt, au printemps.

J'ai toujours appris à me relever dans les moments difficiles. Ce que j'ai vécu aurait pu m'engloutir dans les profondeurs d'un océan noir, à force de me morfondre ou encore de me saouler pour oublier. J'ai perdu deux personnes très chères à mes yeux : un enfant qui s'est suicidé le jour de ses 19 ans en se jetant d'un pont et une femme qui s'est empoisonnée avec un tas de médicaments. J'aurais pu en vouloir à la terre entière, mais je suis fâché simplement contre deux individus qui m'ont souvent donné des envies de meurtre. Deux personnes responsables de la mort d'Andy et de ma femme Norah.

Tout d'abord, il y a cette fille qui a séduit mon fils : Roxanne, une jeune femme aux allures un peu gothique que j'ai trouvée agréable au premier abord. J'aimais quand elle rendait heureux mon fils, jusqu'au jour où tout a dérapé et qu'elle l'a trompé avec un petit salaud. Pourtant, je ne voyais pas l'ombre d'une traîtresse dans ses yeux. Elle me semblait posée, sincère et respectueuse. Mais les apparences sont souvent trompeuses. Ce que je retiens d'elle, c'est qu'elle a fait du mal à mon fils et qu'elle mérite de crever pour l'avoir poussé dans les ténèbres.

Puis il y a lui. Lui, le salaud qui a mis le grappin sur la copine de mon fils, un photographe d'une vingtaine d'années aux allures de bad boy. Adrian Legrand, un petit merdeux qui n'a pensé qu'à sa bite et non aux conséquences qu'il y aurait pu y avoir derrière. J'ai fait des recherches sur ce type et je n'ai pas eu de mal pour le trouver. Mon fils avait laissé sur son bureau un papier témoignant de son désir de le tuer, avec une tête de mort dessinée juste en dessous de son nom. Plus d'une fois, j'ai eu envie de le venger, mais je me suis rétracté, car je me suis dit que ça ne servirait à rien, sauf à m'attirer des ennuis.

Je considérais Andy comme mon propre fils. J'ai rencontré sa mère il y a quelques années à mon agence. Elle cherchait un logement. J'ai été immédiatement happé par ses beaux yeux bleus et le charme qu'elle dégageait. Après lui avoir proposé plusieurs locations, je suis resté en contact avec cette femme puis nous avons sympathisé en prenant un verre de temps en temps, jusqu'à ce que j'arrive à la prendre dans mes bras.

Avant de la connaître, j'étais un homme volage qui ne pensait pas à se caser. Je préférais m'amuser, trouver une charmante jeune femme pour assouvir mes désirs de temps à autre, mais cela a un temps. Au bout de quelques années, on s'en lasse et on a envie de se poser, de passer à autre chose. Norah m'apportait le bonheur et l'amour. J'étais comblé. Comblé avec ses deux enfants que j'ai toujours considérés comme les miens, car ils ne m'ont jamais rejeté.

Pour en revenir à Andy, j'ai vu un énorme changement chez lui après sa rupture avec Roxanne. Il était devenu dépressif et un homme dépendant de la drogue, mais également de l'alcool. Je ne le reconnaissais plus. Il aurait pu être un excellent avocat. Il aimait l'école et avait un grand avenir devant lui.

Ma petite Vanessa a eu du mal à s'en remettre. Alors, bien évidemment, j'ai eu du mal aussi, mais je me suis montré fort pour elle. Je ne voulais pas perdre de nouveau un autre membre de ma famille, autrement je crois que je ne serais plus de ce monde. Je l'ai aidée du mieux que j'ai pu en lui offrant tout ce qu'elle désirait. Nous avons passé beaucoup de temps sur les routes à voyager et à découvrir de nombreux pays. Nous avons également déménagé dans le nord de la France pour nous éloigner des mauvais souvenirs. Nous y avons vécu quatre ans puis je suis revenu à Montrouge, car la ville où j'avais vécu pendant toutes ces années me manquait. Vanessa n'avait aucun ami là-bas parce que d'une, elle ne souhaitait pas s'ouvrir au monde extérieur, et de deux, elle ne voulait plus aller à l'école. De ce fait, je l'ai forcée à prendre des cours à la maison, mais ç'a été un échec. Elle n'a jamais voulu étudier et actuellement, je ne sais pas ce qu'elle voudra faire de sa vie.

Elle vient d'avoir seize ans et c'est une très jolie femme qui pourrait charmer beaucoup d'hommes, mais elle ne veut pas en entendre parler. Elle m'a dit qu'elle ne voulait pas connaître l'amour, mais elle changera d'avis dans peu de temps. Elle finira bien par sortir de sa grotte et se faire des amis. J'ai été obligé d'embaucher quelqu'un pour la surveiller, car j'ai découvert plusieurs fois qu'elle s'automutilait en se grattant à sang les bras et en se cognant fréquemment la tête contre un mur. J'ai dû l'emmener à l'hôpital plus d'une fois. Elle m'a fait souvent peur. Cela dit, la vie continue malgré tout et j'essaie de positiver autant que possible.

Je pousse la porte de ma nouvelle agence immobilière et m'aventure jusqu'au bureau d'accueil. Je dois recevoir quelques candidats ce matin qui ont postulé chez moi. J'ai ouvert cette agence il y a quelques jours et j'ai besoin de personnel pour m'aider.

Je retire ma veste et la mets sur le porte-manteau dans le fond de la pièce. Avant de m'installer à mon bureau, je contemple la vue depuis la grande fenêtre. Il fait beau aujourd'hui. La rue est encombrée de passants et la circulation est assez mouvementée, comme toujours à Paris. Je me balade très rarement dans la capitale, sauf pour aller dans des musées, car ce sont des endroits que j'apprécie énormément.

Je prends place au bureau et allume l'ordinateur. Je jette un coup d'œil à mon agenda le temps qu'il se mette en route. Je dois recevoir une jeune femme d'ici dix minutes : Léa Dumont, célibataire sans enfant qui habite dans le 9e arrondissement de Paris.

J'examine son CV. Il est très intéressant. Elle a obtenu un BTS spécialisé dans le commerce et elle a travaillé deux ans dans ce milieu. Parfait ! Je n'ai plus qu'à espérer que l'entretien soit concluant.

Je mets un peu d'ordre dans les papiers pendant quelques minutes jusqu'à ce que la porte d'entrée s'ouvre. Devant moi se trouve une jolie jeune femme aux longs cheveux blonds, habillée d'un tailleur rose pâle et d'escarpins assortis. Elle me sourit en m'apercevant. Un sourire époustouflant, dévoilant de belles dents bien droites d'une blancheur éclatante.

Je me lève pour aller à sa rencontre, lui tendant la main pour la saluer.

— Bonjour, Grégoire Valens.

Elle remonte son sac rose sur son épaule avant de me tendre sa main. Elle est toute douce dans la mienne. Juste un regard et voilà qu'elle me charme.

— Bonjour, Monsieur Valens. Je suis Léa Dumont.

Elle vire au rouge vif pour je ne sais quelle raison. Elle est ravissante. Elle me plaît déjà alors qu'elle m'a à peine parlé. J'ai bien l'impression que cet entretien va être intéressant. Ça faisait longtemps que je n'avais pas été captivé comme ça par une femme.

Chapitre 10
Sur la route
De Palmas

Zoé

Le téléphone de Seb se met à sonner.

— C'est Juliette, dit-il en me tendant son cellulaire.

Alléluia ! Ça fait dix minutes qu'on tourne dans Paris et nous n'avons toujours aucune trace d'Adrian. Espérons que sa sœur va m'apporter une bonne nouvelle. Je prie mentalement afin qu'on me révèle qu'ils l'ont retrouvé vivant !

Tu me manques, Adrian !

La main tremblante, je décroche :

— Allô, Juliette ? Dis-moi qu'il est avec toi, s'il te plaît, m'empressé-je de dire, le cœur battant.

Je suis tellement angoissée que j'ai du mal à avaler ma salive. Elle est bloquée au fond de ma gorge.

— Je n'en ai pas pour l'instant.

— Non, hurlé-je, prête à faire voler le téléphone dans l'habitacle.

Seb se gare sur le bas-côté et serre le frein à main. Il se retourne et me regarde d'un air effrayé. Alicia l'imite.

Calme-toi, Zoé ! Inspire et relâche l'air lentement de tes poumons. Tout va bien se passer, non ? Il n'y peut pas y avoir de fin, n'est-ce pas ? Ce genre de chose ne se passe que dans les films. Parce que là franchement, on se croirait dans un polar.

— Mais on est sur leur piste, dit-elle. Nous l'avons géolocalisé grâce à son portable. Une patrouille va bientôt arriver sur les lieux.

Je veux savoir où il se trouve !

— On fait du mieux qu'on peut et je vais m'y rendre également.

— Où se trouve-t-il ?

— Nous l'avons localisé vers la forêt domaniale de Montmorency, mais je vous conseille de ne pas y aller. Ça peut être dangereux.

Je m'en fiche que ce soit dangereux ou pas. Je dois y aller.

J'éloigne le téléphone de mon oreille et crie à Seb :

— Forêt domaniale de Montmorency. Dépêche-toi, Seb !

Il me scrute en fronçant les sourcils.

— Si loin ? Il y a bien une demi-heure de route. Et qu'est-ce qu'ils peuvent bien foutre là-bas ?

— Je n'en sais rien, mais vas-y… roule !

Je replace le téléphone à mon oreille. Mon Dieu ! J'ai chaud !

— OK, merci Juliette.

— N'y va pas, tu vas te mettre en danger.

— Je suis désolée… je ne pourrais pas rester comme ça sans rien faire.

Et je raccroche avant qu'elle me redise de ne pas me rendre sur les lieux. Peu importe si je me mets en danger, car de toute façon, je ne pourrais pas vivre sans mon voyou. Il a besoin de moi et je ferai tout pour le sauver.

***

Nous sommes à mi-chemin et les minutes me semble être des heures. Le silence règne dans l'habitacle. Seb a une conduite légèrement dangereuse, mais ça n'a pas d'importance. Le principal, c'est qu'on arrive avant que Valens ne fasse des dégâts. J'ai tellement la boule au ventre que l'envie de vomir me prend sans cesse.

Le téléphone de Seb n'a pas resonné depuis que Juliette m'a dit où se trouve Adrian. Je ne sais pas si c'est bon signe, mais je me mets en tête qu'il ne s'est rien passé entre temps. Adrian est vivant. Oui... il est vivant et je vais le retrouver.

***

Nous venons d'arriver devant la forêt, mais c'est tellement grand que j'ai l'impression de chercher une aiguille dans une botte de foin.

Seb roule toujours à une vitesse folle tandis qu'Alicia et moi-même fouinons en observant par la vitre pour essayer de dénicher un indice qui pourrait nous mettre sur la piste de Valens. La forêt de Montmorency est située sur un ensemble de collines et elle est dotée d'une flore et d'une faune préservée là où beaucoup de gens se promènent en temps normal. Actuellement, je ne vois personne et je suppose que Valens a dû trouver un endroit où il y a peu de monde pour préparer sa vengeance. Mais où ? C'est à en devenir fou.

J'appelle Juliette. Je sais qu'elle ne sera pas contente, mais je m'en fiche. Je me dis que plus on sera nombreux et plus on aura de chances pour secourir Adrian. J'espère que la patrouille est déjà sur place et qu'ils ont réussi à attraper Valens. Mais je n'ai pas ce sentiment-là.

Non, Zoé, ne t'imagine pas des choses bizarres ! Il est en vie ! Il est en vie ! Il est en vie !

Juliette décroche.

— Dis-moi que tu l'as trouvé, Juliette. Il est avec toi, n'est-ce pas ?

— Non, Zoé. Il n'est pas avec moi, il…

— Mais où est-il ?

J'ai posé la question si fort que j'ai l'impression d'avoir arraché mes cordes vocales. Un peu plus et les vitres allaient exploser.

— Je ne sais pas encore, mais tu ne devrais pas être sur les lieux. Valens est sûrement armé. Reste-là où tu es.

Non mais elle déconne ? Jamais je n'abandonnerai mes recherches !

— Non, Juliette ! Non, je ne peux pas. Je dois…

Je cesse de parler lorsque j'aperçois deux voitures noires. Deux berlines noires garées sur un parking pas très loin d'un petit pont en bois. Juste derrière celles-ci se trouvent une voiture de police. C'est ici ! Il est ici ! Mon voyou, j'arrive ! Je suis persuadée que l'une des voitures appartient à ce salaud qui veut faire du mal à mon chéri.

— Arrête-toi, Seb ! Adrian doit être là !

Je pointe du doigt le fameux parking avec les voitures stationnées.

— Tu en es certaine ?

— Oui, confirmé-je. Je sais que Valens est ici. Les flics sont là également.

J'ai l'impression qu'il se prend pour Daniel dans le film « Taxi ». Il fait demi-tour si vite que je me trouve propulsée de l'autre côté du siège arrière. Un peu plus et je me retrouvais à l'avant. Bon, OK, c'est ma faute, j'ai zappé de m'attacher.

— Juliette, c'est bon, m'exclamé-je. Nous y sommes.

— Restez dans la voiture !

Je raccroche. Adrian m'a souvent dit que j'étais butée et j'avoue qu'il n'avait pas tort. Mais là, c'est sa vie qui est en jeu et même si les larmes se mettent à glisser sur mes joues, je ne peux m'empêcher de sourire, car je suis sûre qu'il va me punir en me gratifiant de plusieurs fessées. Oui, parce que j'aurais été imprudente. Mais n'importe qui serait aussi cinglé que moi pour secourir l'être le plus cher à ses yeux.

Adrian, je t'aime et bientôt tu seras dans mes bras !

Chapitre 11
Crache ton venin
Téléphone

Adrian

Nous marchons péniblement depuis quelques minutes dans la forêt. Le silence est lourd, chargé d'effroi et de panique. Seuls les bruits des feuilles qui craquent sous nos chaussures et le chant des oiseaux viennent couvrir cette atmosphère pesante.

Personne ! Non, il n'y a personne. Nous sommes trois victimes prises dans les filets de plusieurs voyous. Vanessa mène la marche tandis que le mafieux à la cicatrice clôture la file indienne. Quant à Valens, il est près de moi et ne nous lâche pas une seconde des yeux, le téléphone collé à son oreille. J'entends juste des « OK » par moment ou encore des ordres qu'il donne à Vanessa en lui indiquant le chemin à prendre.

J'ai eu un petit espoir tout à l'heure en apercevant une voiture de police, mais ils ne se sont pas arrêtés, à mon plus grand regret. Où nous escortent-ils comme ça ? Je ne connais pas ce massif forestier par cœur. C'est tellement gigantesque. La seule chose qui me revient en tête, c'est le « château de la chasse » qui se trouve au cœur de la forêt entouré de deux étangs. Mes parents m'y ont emmené lorsque j'avais une dizaine d'années et je me souviens que j'avais pris pas mal de clichés. Si jeune, j'étais déjà passionné par la photographie.

Tout en marchant, je pense à ma petite tigresse. Elle doit être dans tous ses états. Je suis certain qu'elle doit être à ma recherche et qu'elle a prévenu les forces de l'ordre. Si vraiment elle a fait les choses correctement, elle a dû appeler Juliette en priorité et lui a expliqué toutes les mésaventures qui nous sont tombées dessus depuis novembre. Et si elle est repassée au studio, alors elle a pu apercevoir le mot et la photo.

Je me creuse les méninges. Quand ai-je pu me retrouver seul avec Émily, la sœur de Roxanne ? C'est insensé. Je ne lui ai jamais parlé intimement. Je m'en souviendrais si je l'avais baisée. La première fois que je l'ai vue, c'était dans un pub où Zoé faisait une représentation sur un ring de boxe. Elle était bourrée et elle m'avait averti qu'il y avait des rumeurs au sujet de Valens et Léa. Ce qui veut probablement dire qu'elle voulait me mettre en garde sur ce que trafiquait ce monstre. Ordure !

Ce soir-là, j'avais tenté de capturer ma belle en essayant de l'embrasser et pour récompense, elle m'avait mordu la lèvre. Un sourire vient flotter sur mon visage juste en y pensant. Ma petite tigresse ! Et peu de temps après, elle s'est laissé attendrir et elle est restée dans mes bras, jusqu'à ce fameux jour où Léa a débarqué pour m'annoncer qu'elle était enceinte de moi. Maintenant que je commence à découvrir quelques secrets du coup monté de Valens, je suis persuadé que cet enfant n'est pas le mien. Il a sûrement voulu me pourrir la vie. Ce mec est un poison, un requin, une sale ordure.

— Par ici, Vanessa, s'exclame Valens en pointant son index sur sa droite.

Nous la suivons et marchons jusqu'à ce qu'on se trouve devant un pont. De loin, je repère un homme qui fait le guet, portant une casquette et des vêtements sombres. Il s'approche vers nous d'une démarche rapide puis murmure quelque chose à l'oreille de Vanessa. Je ne sais pas de qui il s'agit. Je ne l'ai jamais vu.

Vanessa hoche la tête puis se retourne sur son père :

— Il n'y a personne dans les environs. On peut se charger d'eux.

— OK, répond-il en empoignant voracement le bras de Léa.

Léa sanglote et se met à brailler :

— Tu es un pauvre con, une sale ordure ! Tu mérites de crever !

Valens devient rouge de rage. Il la toise avec un fort froncement de sourcils, les yeux noirs comme l'ébène, puis lui cogne le visage avec son poing en lui hurlant d'horribles noms d'oiseaux. C'est si violent que du sang s'échappe d'une de ses narines. Je serre la mâchoire pour ne pas m'énerver dessus.

— Ferme-là, petite peste ! Tu vas nous attirer des ennuis !

Il prend son menton dans sa main et la regarde fixement dans les yeux.

— Je n'ai pas envie de me servir de mon arme sur toi alors je me tairais à ta place.

Les larmes baignent son visage. Elle entrouvre la bouche et se met à hurler :

— Au point où j'en suis, tu peux t'en servir ! Vas-y, bute-moi ! Fais-toi plaisir, sale connard ! Un jour ou l'autre, tu seras puni !

Il lâche son menton et la scrute, tel un fou furieux, mais Léa ne semble pas avoir dit son dernier mot.

— J'espère qu'on te fera souffrir comme tu l'as fait avec moi. Tu m'as droguée et m'as battue pour déverser la colère noire qui te rongeait depuis des années. Tu m'as fait vivre un enfer et je veux que tout le monde le sache avant que je crève. Je veux prouver que j'étais innocente dans toute cette histoire. Tu t'es servi de moi pour avoir des informations sur la vie d'Adrian et tu m'as piégée en prenant des photos de moi nue.

Elle ricane bizarrement puis continue :

— Et dans tout ça, je n'avais pas le choix de me taire ou c'est moi que tu allais punir en divulguant toutes ces photos sur les réseaux, à ma famille ou peut-être bien au monde entier, car je suis certaine que tu en aurais été capable pour me nuire jusqu'au bout.

Quoi ? C'est de cette façon qu'il tenait Léa dans ses griffes ? En prenant des photos d'elle nue sous l'emprise de substances illicites ?

Léa tourne sa tête vers la mienne, les yeux embués de larmes et m'avoue soudainement dans un sanglot, les lèvres tressaillantes :

— Adrian… tu n'es pas le père de mon enfant. C'est lui qui m'a dit de te dire ça pour faire de ta vie en enfer. C'est lui le père. C'est lui qui m'a foutu enceinte et qui n'a jamais voulu du bébé. Il voulait foutre la merde dans ton couple.

Les battements de mon cœur s'affolent. Je l'ai toujours su, mais je suis heureux qu'elle me l'annonce de vive voix.

Je lui murmure un « merci ». Oui, je la remercie de me dire la vérité avant que la mort m'emporte. Je suis prêt également à lui dire que je suis désolé de ne pas l'avoir crue quand elle m'a averti qu'elle était en danger, mais Valens lui remet une claque, ce qui la fait tomber à genoux.

— Mais tu vas la fermer, un peu ? s'énerve-t-il en frappant son pied dans ses jambes.

— Non ! Je veux qu'il sache tout ! hurle-t-elle en essayant de se relever.

Manque de chance, elle n'y arrive pas, mais ça ne l'empêche pas de poursuivre :

— Tu m'as trompée plein de fois, tu m'as torturée et tu as également drogué Emily en prenant énormément de photos d'elle. Nue également. Tu lui as fait la même chose qu'à moi et son silence a été la seule option pour qu'elle ne se fasse pas buter. Dis-le à Adrian, que tu l'as manipulé et que tu as manigancé un plan en les prenant en photo pour gâcher son bonheur.

Quoi ? Mais comment ceci a-t-il pu arriver sans que je m'en rende compte ? C'est Vanessa ! Oui, c'est Vanessa ! Elle m'a drogué et c'est pour cela que je ne me souvenais de rien lorsque Seb venait me chercher dans la rue lors de mes déboires. La garce !

Léa s'adresse à moi :

— Ne m'en veux pas Adrian. J'étais perdue. Je ne savais pas quoi faire. Je ne voulais pas détruire ton couple, mais j'avais juste besoin d'aide. Je regrette de t'avoir fait du mal, de t'avoir trompé. À un certain moment, j'ai songé qu'on aurait pu recoller les morceaux, mais j'ai vu que tu avais l'air d'aimer vraiment cette fille. J'ai voulu tout te dire, mais il me surveillait sans cesse. Je pensais tout t'avouer le jour de mon accouchement quand tu es venu me chercher, mais tu ne semblais pas être de mon côté et de plus, il était derrière nous. Il nous suivait et je devais me taire sinon ç'aurait été la vie de mon bébé qui aurait été en jeu.

Il nous a suivis ? Mais bordel ! Je ne l'ai même pas remarqué. Je suis tellement choqué que les mots ne sortent pas. Tout ça me fait mal à un point inimaginable. Jamais je n'aurais pensé qu'il avait mis en place tout ce stratagème.

— Pardonne-moi, Adrian !

— Je… commencé-je à dire. Je…

Mes mots restent coincés dans ma gorge lorsque Vanessa, rouge comme une tomate, vient vers nous. Elle sort son flingue de sa combinaison en un éclair et le pointe vers Léa. Oh ! Putain ! Ses yeux sont jaunes de fureur.

— Tu parles trop. Dégage !

Elle vise le cœur de Léa, appuie sur la gâchette et arbore un sourire satisfait.

Chapitre 12
Bleeding Love
Léona Lewis

Valens Grégoire
3 ans et demi plus tôt, en hiver.

J'ai l'impression de revivre depuis que j'ai ouvert mon agence à Paris. Premièrement, ma fille commence à s'ouvrir au monde extérieur, ce qui me donne le sourire. Elle a repris les cours à l'école depuis deux mois et elle s'est fait quelques amis. Elle ne sait toujours pas ce qu'elle veut faire dans la vie, mais le fait de reprendre le cursus scolaire est une bonne chose pour elle. Ça lui permettra de moins se morfondre et d'essayer de mettre le passé dans un coin de sa tête. Bien évidemment, nous y pensons tous les jours, mais il faut qu'on aille de l'avant. La vie ne s'arrête pas là pour nous. On doit se montrer forts.

Deuxièmement, j'ai une petite agence qui fonctionne comme sur des roulettes. J'ai un personnel compétent et heureux de travailler pour moi. Trois femmes charmantes qui égayent mes journées par leur bonne humeur. Surtout une : Léa. Elle occupe énormément mes pensées depuis plus de 6 mois maintenant, mais il ne s'est toujours rien passé entre nous. Il faut dire que j'étais occupé à gérer mon agence, mais également à surveiller ma fille afin qu'elle ne fasse plus de conneries. Sa dernière tentative d'automutilation a été le jour de l'anniversaire de sa mère, c'est-à-dire il y a cinq mois. J'ai cru qu'elle allait mourir ce jour-là. Elle s'était cogné volontairement la tête plusieurs fois contre un mur et s'était ouvert les deux bras avec des morceaux de verre, ce qui lui a fait perdre beaucoup de sang. Et tout ça l'a amené à rester plusieurs semaines à l'hôpital.

Je l'ai fait suivre quelques années par un psychologue, mais elle ne veut plus se confier à lui pour l'instant. Ce jour-là, elle s'est rendu compte qu'elle avait été trop loin et depuis, elle n'a pas retenté de commettre ce genre d'actes de violence sur elle. Je pense que l'école lui fait énormément de bien, mais j'avoue que je n'ai jamais l'esprit tranquille lorsqu'elle n'est pas avec moi. J'espère qu'elle ne se fera plus jamais souffrir. Elle est jeune et elle a encore toute la vie devant elle. Et moi, j'ai aussi besoin d'elle pour vaincre ma peine et la solitude qui me pèse.

Noël approche à grands pas et j'ai décidé de fermer l'agence pendant une semaine afin de profiter au maximum de ma fille. J'ai loué un chalet à Chamonix. Je compte bien lui faire découvrir cette charmante station et également les joies des sports d'hiver. Mais avant cela, j'ai prévu de demander à Léa de prendre un verre avec moi. J'espère qu'elle va accepter. J'ai envie d'apprendre à la connaître davantage. Ce n'est peut-être pas une bonne idée de jeter son dévolu sur une employée, mais je ne vois qu'elle. Aucune autre femme ne m'intéresse. Cette femme m'émerveille et en plus, elle fait du boulot correct.

Je consulte ma montre. Dans quelques minutes, il sera 14 heures, l'heure où mes employées doivent se pointer pour venir travailler. Je me vêtis de ma longue veste noire ainsi qu'un d'un chapeau puis sors de l'agence. Il fait friquet. Les températures ont beaucoup chuté depuis quelques jours.

J'allume une cigarette et fais quelques pas pour me réchauffer. Je réfléchis à la façon dont je vais demander à Léa de venir prendre un verre avec moi. Je sais qu'elle m'apprécie, mais principalement parce que je suis un patron qui est à l'écoute et qui lui dit sans cesse que son travail est excellent. Je pourrais peut-être lui dire tout simplement que j'ai envie de la connaître en dehors du boulot. Je ne vois pas ce qu'il y aurait de mal. Je ne vais pas lui sauter dessus dès notre premier rendez-vous. Je suis quand même assez courtois. Mes parents m'ont bien élevé. Oui, je vais lui proposer sans tourner autour du pot et on verra ce qu'elle me répondra. Toutefois, mon visage se décompose lorsque je regarde devant moi. Apparemment, je n'ai pas été assez rapide. Léa s'est déjà trouvé un homme qui la comble de bonheur. Elle a ses bras enroulés autour de son cou et l'embrasse comme une ado qui savoure son premier baiser. Il semble jeune. Oui, beaucoup plus jeune que moi. Il a les cheveux bruns légèrement désordonnés et il est vêtu d'un cuir noir et d'un jean bleu foncé délavé.

Je continue de les observer à la dérobée tout en fumant ma cigarette. J'aurais dû lui demander dès notre première rencontre. Je n'ai pas saisi ma chance assez vite. Lui a été plus rapide que moi. Lui, cet homme qui tout d'un coup me procure la nausée lorsque j'aperçois son visage. Je le reconnais. Lui, ce salopard qui a pourri la vie de mon fils. Lui, qui lui a donné la mort. Adrian Legrand.

Léa jette un coup d'œil dans ma direction et me gratifie de son plus beau sourire. Je lui en renvoie un totalement faux, balance ma cigarette à terre et l'écrase furieusement avant de rentrer dans l'agence. Cependant, elle m'interpelle, ce qui me stoppe dans mon élan :

— Monsieur Valens, attendez.

Léa attrape la main de son amoureux puis traverse la route. Elle a les joues toutes roses et les cheveux qui s'élèvent dans les airs. Elle plaque sa main sur un côté de sa tête afin d'empêcher le vent de les soulever.

— Je vous présente Adrian Legrand, photographe chez « Rebel'photo ».

Pas besoin de me le présenter, je connais déjà pas mal de choses sur cette ordure. J'ai bien envie de lui dire ce que je pense de lui, mais je vais me montrer poli et bienséant.

— Bonjour, lui dis-je en lui proposant ma main.

— Bonjour, fait-il en me la serrant d'une poignée ferme. Heureux de faire votre connaissance.

Tu parles !

— Nous avons repéré un logement dans le 9e arrondissement et on aimerait savoir s'il y a la possibilité qu'on le visite, dit Léa.

Ils ne perdent pas de temps. Ils sont ensemble depuis combien de temps ? 15 jours ? Un mois à tout casser ? Léa ne m'a jamais dit qu'elle avait quelqu'un dans sa vie. Pourquoi aller si vite ? Elle serait mieux avec un type comme moi bourré de fric qui lui rendrait la vie plus heureuse. Elle aurait tout ce qu'elle veut.

— Bien sûr, faites comme bon vous semble, dis-je avant de faire un pas vers l'agence.

— Merci, Monsieur Valens, vous êtes super gentil.

Moi, gentil ? Elle ne me connaît pas assez. Ma vie a changé depuis que ma femme et mon fils sont décédés. Je ne suis plus celui que j'étais avant. Un jour ou l'autre, la roue tournera dans mon sens et son petit connard recevra la meilleure des punitions. Je conquerrai Léa et je lui ferai payer tout le mal qu'il m'a fait.

Chapitre 13
Un ange dans le ciel
Kool Shen

Adrian

Je suis raide comme un piquet, glacé de la tête au pied. Un silence vient de s'installer.

Je savais que l'heure de notre mort était proche, mais jamais je n'aurais pensé que Vanessa aller tirer sur Léa tout de suite. Léa ne bouge plus. Léa est étalée à terre, la tête sur les graviers. Du sang. Il y en a partout. Elle est morte. Morte ! Morte ! Morte ! Putain de bordel de merde ! Je suis sous le choc. Pétrifié. Mon heure va sonner d'ici quelques minutes. Tout est fini pour moi. Si je fuis, on me bute. Si je reste, on me bute. Si je parle, on me bute. Donc je suis condamné. Peu importe ce que je vais faire, on va me buter ! Je suis déjà mort !

Valens regarde sa fille en lui faisant les gros yeux puis lui attrape le bras violemment en lui criant dessus :

— Ce n'était pas dans nos plans ! Tu vas nous attirer des ennuis !

— Elle parlait de trop ! Elle commençait à m'énerver. Au moins, ça en fait une en moins.

Elle secoue son bras pour qu'il la lâche. Ses prunelles débordent de rage.

— Laisse-moi gérer le cas des deux autres. Il faut qu'on pense que c'est eux qui se sont donné la mort, et non que c'est quelqu'un qui les a tués. Je n'ai pas envie qu'on essaie de nous traquer. OK ?

Vanessa ne semble pas du même avis. Elle fronce les sourcils puis fait non de la tête. On dirait une sale gamine qui est en train de faire un caprice.

— Je veux les faire souffrir. Je veux qu'ils comprennent qu'ils ont bousillé notre vie. Je veux qu'ils aillent en enfer tout de suite !

La dernière phrase est montée crescendo, presque au point de me faire sursauter.

Elle me jette un regard noir.

— Ils vont se donner la mort eux-mêmes chérie, lui dit Valens d'une voix calme et posée tout en lui caressant la joue. Et ensuite, on partira loin d'ici comme on l'avait planifié. Tu auras tout ce que tu veux. Je te le promets. OK ?

Elle ne répond pas, mais elle finit par hocher la tête sans lâcher son regard du mien.

— Très bien. Je vais me charger du reste. Reste calme et ne te sers plus de ton arme à présent. Range-la.

Valens fait un mouvement de tête au mafieux à la cicatrice pour lui faire comprendre de venir vers lui. Celui-ci obéit comme un petit toutou.

— Planque le corps quelque part. Il faut s'en débarrasser au plus vite. Personne ne doit voir ça, lui dit-il en agitant dédaigneusement la main vers le corps.

Le mafieux s'exécute tout en prenant les mains de Léa. Il la traîne comme un vieux sac usé tout en se dirigeant à droite, là où se trouve un sentier. Je ferme les yeux pour ne pas voir ce spectacle macabre. OK, j'avais de la haine contre Léa, mais jamais je n'aurais souhaité sa mort. Non ! Jamais ! Et là j'ai envie de massacrer ces ordures et de leur rendre la monnaie de leur pièce, mais je sais que ça ne servirait strictement à rien. Ils sont quatre et ils sont armés. Moi, je suis attaché par un cordage et je suis à leur merci. J'aimerais tellement leur cracher la lave brûlante qui se forme dans ma gorge dans leur putain de tronche. Je le ferai. Oui, je vais les pulvériser, mais j'attends le bon moment, sinon l'autre cinglée va appuyer sur la gâchette et je ne connaîtrais pas toute l'histoire.

— À nous maintenant, lâche Valens en pointant son regard sur Roxanne et moi. Votre heure arrive à grands pas.

Il nous envoie un sourire diabolique puis se met face à Roxanne.

— Ce que tu dois savoir avant ta mort, c'est que ta chère sœur a été un excellent plan cul. On a passé un bon moment ensemble.

Il fourre sa main dans la poche de sa parka et en extrait des photos. Il en tourne une devant ses yeux.

— Joli modèle. Elle était un peu sauvage, mais j'ai réussi à avoir ce que je voulais en la droguant.

Cette silhouette est identique à la photo que Zoé a reçue. Un corps svelte, un teint hâlé. C'était donc Émily qui était avec moi sur ce cliché. C'est bien ce que je pensais, Vanessa m'a drogué, mais je ne sais pas comment ils s'y sont pris pour qu'on se retrouve ensemble dans le même lit. Ils me dégoûtent !

Il continue à lui montrer des photos jusqu'à ce que je me voie sur une d'entre elles. Putain ! Complètement nu à côté de cette fille qui porte une marque de strangulation sur sa nuque. J'ai une main posée sur son sein, un sourire béat et les paupières fermées. On pourrait croire que je viens de prendre mon pied. Super !

— Tu vois… il ne nous a pas fallu grand-chose pour faire de si beaux clichés, me dit-il. Je peux être aussi doué que toi. Tu ne trouves pas que cette photo semble vraie ?

Cet imbécile me la colle carrément sur les yeux.

— Je n'y serais jamais arrivé seul. Heureusement que ma fille m'a donné un petit coup de pouce. (Il ricane) Alors… cher Adrian Legrand… Que vont penser les gens de toi en découvrant ces photos ?

Il retire la photo et avance son visage vers le mien. Je lui offre le regard le plus froid que je possède. Le silence est la meilleure et la seule solution si je ne veux pas que Vanessa m'abatte sur-le-champ.

— Tu n'as rien à dire contre ça, n'est-ce pas ?

Va te faire foutre ! Crève, ordure ! C'est ce que j'aimerais lui dire.

Il éloigne son visage du mien puis affiche un sourire en coin.

— Alors… ce qu'ils vont penser de toi, c'est que tu étais un putain de salaud qui torturait ses partenaires et qu'à cause de toi, elles n'ont pas eu le choix de se suicider.

Mais oui, bien sûr ! Zoé saura prouver le contraire. Ma petite perle…

Il rive son regard de serpent vers Roxanne qui ne fait que sangloter.

— Il manque une personne ici. Tu sais de qui je veux parler ?

Roxanne reste inexpressive. Cependant, Valens insiste en élevant la voix :

— Alors ? Réponds !

— Je… je ne sais pas, bredouille-t-elle.

Il pose sa main sur sa joue rougie par la claque qu'il lui a mise il y a deux minutes. La lèvre inférieure de Roxanne se met à trembler comme une feuille.

— Eh bien… tu ne vas pas tarder à le savoir.

Il la lâche puis crache à terre comme un vieux porc avant d'adresser un clin d'œil à un de ses mafieux. Celui-ci sort un téléphone de la poche de son pantalon noir et passe un appel en s'éloignant vers le pont. Putain ! Mais il a combien de complices ? Il a fait surveiller toute la forêt ou quoi ? Ouais… il a dû la privatiser, ce qui expliquerait qu'il n'y ait personne.

— Bon allez… maintenant, vous allez monter par-là pour vous rendre sur le pont.

Il nous désigne du doigt un petit talus.

— Tu comprends pourquoi tu es là, Roxanne ?

Roxanne ne répond pas. Elle est morte de peur et pour ne pas le montrer à Valens, elle baisse immédiatement les yeux au sol. Mais ce salaud l'a vu, car il se met à rire. Un rire sarcastique qui fait comprendre qu'il n'en a pas fini avec elle.

— Alors Roxanne… Que s'est-il passé sur ce pont ?

Valens lui donne un coup de pied dans le tibia. Vanessa l'imite, ce qui me fait grincer des dents.

— Parle !

— Andy a sauté du pont, il…

— Il ?

— Il s'est suicidé.

— À cause de qui, Roxanne ? lui demande-t-il d'un timbre glacial.

J'ai l'impression qu'elle va tomber dans les pommes. Elle vacille légèrement de droite à gauche, ses yeux se retournent. Bien évidemment, Valens s'en contrefiche, car il lui remet un coup de pied monstrueux dans le tibia, ce qui la fait tomber. Son visage cogne sur le sol en émettant un bruit sourd. Ses joues saignent. Putain ! La lave bouillonne dans ma gorge. Je n'ai jamais vu une telle pourriture. J'espère que quelqu'un de cruel s'occupera de son sort et qu'il le fera souffrir comme il a fait souffrir Léa, Roxanne et aussi Émily. Et je ne serais pas étonné d'apprendre qu'il y en a eu d'autres.

— Dis-le ! insiste-t-il en lui donnant des coups de pied impérieux dans les côtes.

Je ravale la bile qui remonte dans ma gorge. Bon sang ! Mais qu'il cesse ! Mais il ne le fera pas, ça l'excite de la faire souffrir.

— Moi, souffle-t-elle d'une petite voix.

— Oui, c'est toi ! Et aussi ce crétin.

Il me pointe du doigt, s'approche dangereusement de moi en levant une main en l'air. Il va me frapper. Putain ! Je crois que je ne vais pas pouvoir me laisser faire. Je ne veux pas qu'il pose une de ses sales pattes sur moi. De toute façon, je sais que je suis foutu. Alors je vais saccager son plan en lui donnant un énorme coup de genou dans les couilles puis je vais hurler à la mort pour que quelqu'un se rende compte qu'il y a des personnes en danger par ici. Voilà ce qu'il me reste à faire, même si je ne peux pas sauver ma peau, malheureusement.

Prêt à faire de moi son souffre-douleur, il se ravise lorsque son acolyte de mafieux l'interpelle.

— Patron, la voici.

Il n'est pas seul. Avec lui, se trouve cette charmante Émily, la sœur de Roxanne, bâillonnée et les mains ligotées derrière le dos. Elle a les cheveux relevés en queue-de-cheval et elle porte une robe noire qui lui arrive à migenoux ainsi qu'une veste en cuir blanche et des escarpins foncés à hauts talons.

Le mafieux la pousse en lui frappant le dos, ce qui la fait tomber à genoux devant Valens.

— Je suis content de te revoir, ma chère Émily. Ça fait un bail maintenant qu'on ne s'était pas vus.

Émily tente de se hisser sur ses jambes, mais elle n'y arrive pas. Bien évidemment, ça fait rire Valens et Vanessa.

— Tu es entre mes mains maintenant et tu ne pourras pas t'échapper.

Il remercie son acolyte et s'accroupit pour plonger son regard dans celui de sa nouvelle victime.

— Même à des milliers de kilomètres, je peux te retrouver. Tu vois… ça n'a pas été si difficile de t'amener jusqu'ici. Maintenant, il est temps de vous éliminer tous les trois. Et ensuite… je pourrais savourer ma vie tranquille avec ma fille.

Je me souviens que Roxanne m'avait dit qu'elle habitait à Londres. Ce mec connaît beaucoup trop de monde.

— Allez… Ne perdons plus de temps maintenant. Qu'on en finisse une bonne fois pour toutes !

Il fait un signe de tête aux mafieux puis pointe son arme devant nous. Le moment fatidique est arrivé. C'est terminé pour moi, mais aussi pour Roxanne et sa sœur.

Zoé, je t'aime et je suis désolé de te laisser seule. Je veillerai toujours sur toi tout là-haut dans le ciel, ma puce.

Chapitre 14
Fear
« Peur »
Sade

Zoé

C'était quoi ce bruit ? Un coup de feu ? Oh ! Non ! Je n'ai pas rêvé. Je l'ai bien entendu.

Je tourne la tête vers Alicia et Seb qui affichent un regard d'effroi.

— Vous… vous pensez à la même chose que moi ? bredouillé-je, les lèvres tremblantes.

Une sueur froide me parcourt le dos. Il faut que je me calme. C'est peut-être un chasseur ? Non ? Bien sûr que non, je sais que ce n'est plus la période de la chasse. Rien n'est arrivé à Adrian, il est toujours vivant et je vais le sauver.

— Je… je ne sais pas, dit Seb. Il faut se dépêcher.

Sa voix qui chevrote me confirme qu'il a bien entendu la même chose que moi. Je sais que Valens a un flingue et qu'il l'a emmené ici pour le buter. Mais comment retrouver mon voyou ? Cette forêt est immense. Nous ne sommes pas sûrs de prendre la bonne direction, mais il faut qu'on cherche. Et là, nous n'avons plus une seconde à perdre.

— Poursuivons nos recherches, dis-je d'une voix basse.

Je ne voudrais pas me faire capter par Valens ni affoler des promeneurs, même si on dirait qu'il n'y a pas un chat.

Seb hoche la tête et je remarque que sa vision se brouille de larmes. Bien évidemment, ça ne me rassure pas, mais ce n'est pas le moment de flancher. On doit y croire !

Nous continuons notre chemin dans cet espace feuillu, composé de nombreux châtaigniers et de chênes, en observant dans les moindres recoins. Aucun indice ne me laisse prévoir qu'ils sont venus par ici et plus le temps passe, plus je sens la faiblesse m'envahir. J'ai mal au cœur, mes jambes deviennent cotonneuses et les larmes me brûlent les yeux.

Allez, Zoé ! Ne te laisse pas affaiblir. Cherche ! Cherche ! Cherche ! Il est bien là quelque part.

Je ne veux pas m'imaginer que je ne le reverrai plus. Non, Adrian est mon étincelle, celui qui a allumé la flamme de mon cœur et je ne veux pas que Valens l'éteigne. Je veux qu'elle continue de briller et faire battre mon cœur dans cet univers que j'apprécie plus tout : l'amour.

— Appelle Juliette, lâche Alicia. Elle saura sûrement nous dire où aller.

Je secoue la tête sans m'arrêter de marcher.

— Non, je ne veux pas que Valens s'aperçoive de quelque chose. Il faut rester le plus discret possible.

Elle est livide et semble découragée. On dirait que ses jambes ne la suivent plus, pourtant ça ne fait pas des heures que nous marchons. Nous venons à peine d'arriver. Bon, il faut dire que ses hauts talons ne l'aident pas.

— J'ai envie de vomir.

Je n'ai même pas le temps d'ouvrir la bouche pour m'exprimer que je la vois pencher sa tête vers le sol, une main posée sur son ventre. Elle vomit, ce qui me fait grimacer. Je préfère tourner la tête afin de ne pas l'imiter. Un haut-le-cœur m'envahit rien qu'à l'entendre.

— Continuez sans moi, dit-elle. Je ne veux pas vous freiner dans vos recherches.

Je me retourne en un éclair en fronçant les sourcils. Elle est folle ou quoi ?

— Non, je ne te laisserai pas seule dans cette forêt. C'est dangereux, lui chuchote Seb.

Alicia le regarde, les yeux brillants, puis vomit de nouveau. Tant pis ! Je vais devoir faire sans eux, car il est hors de question que j'abandonne. Je passerai la nuit, voire même des jours s'il le faut pour retrouver Adrian.

— Reste avec elle, Seb. Moi, j'y vais.

— Non, Zoé ! Tu es imprudente ! N'y va pas seule ! Appelle Juliette !

— Non, Seb ! Je viens de te dire que non !

Je me suis mise à crier. Ce n'est vraiment pas malin de ma part.

— Zoé… Attends !

Je ne l'écoute pas. Non ! Je poursuis mon chemin, même si mes jambes deviennent aussi lourdes que du plomb.

Je marche en pleurant en silence, tout en tripotant sans cesse la bague qu'Adrian m'a offerte. La bague qui symbolise notre amour. Un amour qui ne mourra pas, car je ferai tout pour le retrouver sain et sauf. Je me remémore tout ce que j'ai vécu avec lui. Parfois je souris. Parfois j'ai l'impression que mon cœur va cesser de battre. Parfois j'ai envie de vomir. J'ai l'impression de devenir folle. J'ai envie de tuer Valens. Le faire souffrir pour tout le mal qui nous a fait.

Tout devient pénible. Je suis fatiguée, j'ai froid et mes pas se font de plus en plus lents. Et tout d'un coup, alors que j'étais prête à m'effondrer sur le sol, je me fais happer par quelqu'un qui m'attrape violemment le bras. Je crie, presque à m'en faire exploser les cordes vocales. Je n'ai même pas le temps de voir de qui il s'agit qu'une main glaciale se plaque sur ma bouche puis je me retrouve propulsée sur ma gauche en un éclair. J'atterris à genoux sur un tas de feuilles. Mon cœur bat si vite. Oh! Non! Qu'est-ce qu'on va faire de moi? Est-ce Valens?

Je relève la tête lentement et aperçois Juliette, accroupie devant moi en tenue de flic, une casquette bleu nuit camouflant ses cheveux bruns. Alléluia! Je suis en sécurité, mais si je suis ici, cachée entre les arbres, c'est sûrement parce qu'il se passe quelque chose pas très loin.

— Juliette…

— Chut! me coupe-t-elle en posant son index sur ses lèvres. Tais-toi!

Quoi? Pourquoi me dit-elle de me taire? Elle a les joues toutes rouges et la panique se lit dans ses beaux yeux bleus. Ils me rappellent tellement ceux d'Adrian. Ils sont identiques.

Je tourne la tête et m'aperçois qu'il n'y a pas que Juliette à côté de moi. Je suis entourée de quatre flics qui sont protégés de gilets par balles. Quatre hommes à la stature carrée qui scrutent quelque chose devant eux, une arme dans la main. OK! Ça craint. On dirait qu'ils sont prêts à l'attaque. Je suis persuadée qu'Adrian est ici. Je veux le voir! Oui, je ne peux pas rester comme ça sans rien faire. Il a besoin de moi. Tant pis si je me mets en danger.

Je me hisse sur mes jambes pour me mettre debout. Ce que je vois face à moi me coupe la respiration, comme si quelqu'un était en train de m'étrangler. Je suis obligée de poser une main sur ma bouche afin de ne pas hurler. Un homme vêtu d'une parka beige pointe une arme devant trois personnes. Deux filles et un homme. Et cet homme, c'est mon voyou.

— Non ! hurlé-je ! Non ! Non ! Non !

Et je cours vers eux, complètement inconsciente de ce qu'il va m'arriver.

Chapitre 15
Celui qui vient chez toi (quand tu n'es pas là)
Doc Gynéco

Valens
2 ans et demi plus tôt.

— Léa ?

— Oui, Monsieur Valens ?

— Vous avez le temps deux minutes ?

Léa hoche la tête, la mine triste.

— Oui... pourquoi ?

Je me lève de mon fauteuil et prends ma veste qui est accrochée sur le porte-manteau.

— Vous semblez ailleurs en ce moment. Vous n'avez pas l'air en forme.

Léa baisse le regard vers le sol puis souffle. J'ai bien vu que quelque chose la turlupine depuis quelque temps et j'aimerais bien savoir quoi. Elle n'affiche plus ce sourire que j'affectionne tant. Pourtant, je lui ai accordé deux semaines de vacances, mais apparemment ça n'a pas l'air d'avoir suffi. Est-ce la faute de son petit ami ? Son petit ami qui m'horripile chaque fois que je le vois ?

— Effectivement, dit-elle. Je... je suis perdue.

— Voulez-vous en parler ?

Je pose une main sur son épaule et lui esquisse un sourire.

— Oh… je ne voudrais pas vous importuner avec mes histoires.

— Mais vous ne m'importunez pas. Je suis là pour vous si vous avez besoin. Certes, je suis votre patron, mais je peux être un confident. N'ayez pas peur de me livrer vos angoisses ou vos peines. Je suis là pour vous aider.

Et te mettre dans mon lit ! Oui, je te veux dans mon lit depuis presque un an maintenant. Et je sais que je parviendrais à mes fins un jour ou l'autre. Pourquoi pas ce soir ?

Elle me sourit timidement.

— Merci, Monsieur Valens. Vous êtes vraiment gentil, mais…

Je la coupe :

— Prenez un verre avec moi. Peut-être que cela vous fera du bien.

— Je…

Elle semble confuse. Ses pommettes deviennent roses.

— Je n'ai pas envie de sortir.

— OK, comme vous voulez. Si vous avez besoin, vous savez que je suis là.

— Merci.

Elle remonte son sac noir sur son épaule puis me chuchote un « au revoir » avant de quitter mon bureau.

Ce n'est pas ce soir que je découvrirais ce qui se trouve sous sa jolie jupe évasée. Mais je suis impatient de te baiser, petite salope. Je te hais depuis que tu as jeté ton dévolu sur cet homme. Je te hais et un jour je te punirai. C'est pour cela que je te garde encore près de moi. Je n'en ai pas fini avec toi. Sale garce !

***

Le même jour, une heure plus tard.

Mon téléphone sonne. C'est Léa.

— Monsieur Valens… Que faites-vous ?

— Je suis assis dans mon fauteuil à boire un whisky. Pourquoi ?

— Oh… eh bien… je suis seule ce soir. Mon petit-ami a un long shooting photo et il risque de rentrer très tard.

Je pose mon verre sur la table basse. J'ai l'impression d'avoir mal compris. Que cela veut-il sous-entendre ? Elle veut me voir ? Oh ! Que ça me fait plaisir !

— Et donc ? Que voulez-vous ?

— Eh bien… je me disais que vous pouvez peut-être passer chez moi pour prendre un verre. Qu'est-ce que vous en dites ? Je n'ai pas été très sympa tout à l'heure de vous avoir dit non, mais je ne savais pas quoi faire.

Ce que j'en dis ? Eh bien, pas de souci, ma poupée, je vais remédier à ton ennui.

— Vous êtes certaine de ce que vous dites ?

— Si je vous appelle, c'est que j'ai besoin de vous.

— Très bien, Léa. Je vais venir vous tenir compagnie et vous écouter.

Je me lève du fauteuil et trottine jusqu'au couloir.

— Merci, Monsieur Valens. À tout de suite.

Et elle raccroche.

Enfin ! Enfin ce jour est arrivé ! Je vais pouvoir commencer à préparer ma vengeance. Eh oui cher Adrian, ta femme sera la mienne ce soir et je vais la baiser à la rendre ivre de moi. Tu ne seras plus rien à ses yeux. Non, tu ne seras plus qu'une simple amourette sans importance, un vague souvenir et elle t'oubliera. En gros tu ne seras plus rien.

***

Léa a les yeux rougis lorsqu'elle m'ouvre la porte. Elle a besoin de réconfort et c'est ce que je fais en lui tendant immédiatement les bras. Elle hésite, forcément je suis son patron et non un ami, mais finalement elle cède et se met à pleurer dans mon cou. Je la serre contre moi et lui caresse chaleureusement le dos sans prononcer un mot. Elle sent bon une odeur de vanille. Je la laisse évacuer son chagrin. Il faut y aller en douceur. Je ne vais quand même pas lui ôter sa jupe sur le palier de la porte, même si j'en ai énormément envie. Oui, j'ai envie de découvrir la couleur de sa petite culotte et de faire des choses salaces sur son corps, mais chaque chose en son temps. Il faut tout d'abord la mettre en confiance.

— J'aurais aimé vous voir dans d'autres circonstances, Léa. Votre peine me glace le cœur.

Léa relève la tête et cale une mèche blonde derrière son oreille en se dégageant de mon étreinte. Elle est jolie même quand elle est triste. *Et bientôt je vais te sauter sale petite garce !*

— Je suis confuse de m'être jetée dans vos bras pour pleurer.

— Vous n'avez pas à être confuse. Si je suis ici, c'est pour vous apporter mon soutien.

Elle m'offre un sourire crispé et me fait signe de la main d'entrer.

— Merci, Monsieur Valens. Je vous en prie, entrez.

Je hoche la tête et m'aventure dans sa demeure. C'est chaleureux même si ça me semble minuscule. Je balaie vite fait des yeux la pièce principale qui est d'un style épuré. Le gris domine les murs où on peut apercevoir quelques cadres photo sûrement prises par son imbécile de petit ami et le sol est recouvert d'un revêtement blanc cassé où un tapis de couleur bleu canard trône au milieu du salon. Sur celui-ci est installée une table basse ronde. Il n'y a rien d'autre d'intéressant à voir dans cette pièce. Cela dit, je ne suis pas venu pour faire le tour du propriétaire. Non, si je suis ici, c'est pour enfin pouvoir la baiser. Le reste n'a vraiment pas d'importance.

— Asseyez-vous, me dit-elle en me désignant du menton le canapé. Que voulez-vous boire ? J'ai du whisky, de la vodka ou…

— Un verre d'eau sera amplement suffisant, Léa, je la coupe en retirant ma veste.

Je la pose sur l'accoudoir du canapé puis m'assieds tandis que Léa part vers le petit espace cuisine. Face à moi, accrochée au mur, se trouve une photo d'eux où ils s'embrassent. Mon estomac se retourne, me donnant l'impression que je vais évacuer les pâtes à la carbonara que j'ai mangées ce midi.

Souffle un bon coup ! Une fois. Deux fois. Merde ! J'ai toujours la gerbe. Arrête de mater cette photo, bordel !

Léa revient avec deux verres d'eau, ce qui me soulage. Elle m'en tend un. Je la remercie puis elle prend place à mes côtés en soupirant.

— Dites-moi ce qui vous tracasse, Léa. Je commence à m'inquiéter pour vous.

Elle avale une gorgée d'eau avant de me répondre :

— J'ai l'impression que rien ne tourne du bon côté en ce moment chez moi. Je me sens inutile dans ce monde.

Je lui fais les gros yeux et dépose mon verre sur la table basse.

— Que racontez-vous là ? Vous êtes loin d'être inutile.

Je la débarrasse de son verre que je mets à côté du mien et lui prends les mains.

— Vous ne devez pas dire des choses pareilles, Léa. Vous êtes une personne très intelligente, performante et douée. Croyez-moi, vous être très utile au sein de mon agence et sans vous, je ne crois pas qu'elle fonctionnerait si bien.

Elle lâche un sanglot tout en baissant le regard vers ses genoux. Même si je joue le mytho depuis que je suis arrivé, je dois admettre qu'elle est une excellente commerciale. La meilleure de mon personnel.

— Je vous ai offert deux semaines de vacances, cela ne vous a pas suffi ? Voulez-vous prendre une semaine de plus pour vous reposer ?

Je remonte son visage d'une main pour l'obliger à me regarder dans les yeux.

— Vous êtes aimable, mais non. Ce serait me morfondre encore plus et j'ai besoin d'oublier ce qu'il vient de m'arriver.

— Dites-moi tout. J'ai besoin de comprendre pourquoi vous êtes dans ce sale état. Faites-moi confiance, je garderai tout secret.

Elle soupire longuement puis elle m'avoue :

— Je viens de perdre mon bébé.

Je la regarde, interloqué.

— Votre bébé ? Vous étiez enceinte ?

Elle hoche la tête, des larmes lui brouillent les yeux.

— Oui… de trois mois.

Mais comment se fait-il que je n'aie rien vu ?

— Oh… je suis vraiment navré. Quand cela est-il arrivé ?

— Il y a maintenant deux semaines.

— Et est-ce que votre ami vous soutient dans toute cette épreuve ?

Elle ne répond pas. Non, à la place, elle pleure.

— Venez dans mes bras, Léa. Si votre petit-ami ne veut pas vous écouter, alors moi, je suis là pour vous.

Elle accepte mon étreinte. Je lui caresse les cheveux lorsqu'elle cale sa tête sur mon torse.

— Il me soutient, il est très gentil avec moi et il essaie de me changer les idées, sanglote-t-elle. Mais je ne sais pas ce que j'ai en ce moment. Je me sens perdue. J'ai l'impression de ne plus l'aimer comme à nos débuts.

Son menton tremble.

Quel joli aveu ! Voilà mon cher Adrian, tu es en train de la perdre et ça me fait sourire.

— Il y a toujours des hauts et des bas dans les relations amoureuses. Peut-être que vous avez besoin de changer d'air, faire une pause ? Lui en avez-vous parlé ?

Elle relève la tête et essuie ses joues de la paume de sa main.

— Non... j'ai peur qu'il le prenne mal et j'ai peur aussi de me retrouver seule. J'ai encore des sentiments pour lui, mais, je ne sais pas... c'est dans ma tête. Tout est confus. Peut-être que je n'ai pas les idées claires parce que j'ai perdu mon bébé.

Dire que j'ai attendu ce moment depuis bien longtemps maintenant. Et aujourd'hui, tout est en train de se réaliser. Elle se confie, elle m'avoue ses chagrins et j'ai même réussi à la prendre dans mes bras. Malheureusement, je n'ai plus les mêmes désirs qu'au début. Non, tout ce que je veux actuellement, c'est me venger. Elle n'aurait jamais dû tomber dans les griffes de ce crétin.

— Écoutez votre cœur. Lui seul saura vous diriger sur le bon chemin.

Elle m'offre un petit sourire puis pose sa main sur ma joue rugueuse.

— Vous êtes vraiment très gentil, Monsieur Valens. Je suis tellement heureuse de vous avoir rencontré, car je n'ai pas grand monde à qui me confier. Je n'ai pas de sœurs ni de frères et mes parents ne sont pas toujours là pour m'aider. Et malheureusement, je peux compter sur les doigts de ma main le nombre d'amis que j'ai. La plupart sont partis vivre dans le Sud et…

Je pose mon index sur ses lèvres roses et douces.

— Je suis là maintenant et dorénavant, vous pouvez m'appeler Grégoire et vous pouvez également me tutoyer. Je pense que ce sera mieux pour la continuation de notre relation.

Elle fronce les sourcils. Est-ce que je l'ai choquée ?

— Pour la continuation de notre relation ? Que voulez-vous dire par là ?

Il est temps de mettre mon plan à exécution. Ras-le-bol de tourner autour du pot.

Je plonge mes yeux dans les siens et approche mon visage.

— Ce que je veux dire par là, c'est ça…

Et je capture enfin ses lèvres. Voilà, il suffisait qu'elle se confie pour l'accueillir dans mes bras. Elle se laisse aller. Ma langue tourbillonne autour de la sienne dans une danse langoureuse, mes mains voyagent sur son corps de rêve. Le début d'une idylle. Ah ! L'adrénaline inonde mon corps tout d'un coup. Je vais la baiser !

Voilà cher Adrian, ta copine est aussi la mienne et je suis heureux de voir qu'elle se sent mieux dans mes bras. J'espère que tout ceci te tombera à la gueule très bientôt. Pauvre con !

***

3 mois plus tard.

Léa ferme la porte à clef de mon bureau puis s'assied face à moi tout en croisant ses longues jambes fines. Elle est jolie dans sa robe noire, les cheveux relevés en queue-de-cheval, mais son visage est blanc, ce qui me fait comprendre que quelque chose ne va pas. Je l'avais bien remarqué depuis quelques jours. Elle ne me demande plus de venir chez elle. Je dois avouer que ses jolies petites formes me manquent. J'appréciais passer du bon temps avec la copine de mon pire cauchemar. Elle est douée au lit et j'aime quand elle prend les rênes, à me faire des choses bien salaces jusqu'à m'en faire perdre la tête. Même si je n'ai pas de sentiments pour elle, j'ai au moins la joie qu'elle me comble dans des plaisirs charnels. Elle est un bon amusement, un excellent passe-temps. Pas besoin de mes mains pour soulager mes envies.

— Écoute Grégoire, j'ai quelque chose à te dire.

Quand quelqu'un débute ce genre de phrase, il faut s'attendre à la pire chose que vous ne voulez pas entendre. Ouais, ça sent mauvais.

Je préfère ne pas tourner autour du pot, je lui demande :

— Tu en as assez de moi ? C'est ça que tu veux me dire ?

Elle déplie ses jambes et triture ses ongles.

— Ce n'est pas ça, mais…

— Mais ?

Elle souffle.

— Parle, Léa. Dis-moi ce que tu as sur le cœur.

— Eh bien… il faut qu'on arrête de se voir en dehors du travail. J'ai pris une décision.

Je me doutais qu'elle allait me dire ça.

— Adrian m'a demandée en mariage.

Je ris amèrement puis lui lance un regard noir.

— C'est une blague ? lui demandé-je en frappant mes poings sur le bureau.

Elle sursaute tandis que je bous de rage. Je serre les dents. Oui, c'est une blague ! Elle m'a quand même assez dit qu'elle allait le quitter. Pourquoi ce changement soudain ?

— Non… ce n'est pas une blague, dit-elle en se levant de sa chaise. Je me suis rendu compte que j'avais toujours des sentiments pour lui et quand il m'a fait cette demande, je me suis dit qu'on pouvait repartir sur de bonnes bases.

— Et tu penses que tu seras heureuse ?

J'ai posé cette question d'une voix cinglante.

— Oui, dit-elle en se dirigeant vers la porte. Je comprendrais si tu veux me virer.

— Sors ! hurlé-je en pointant la porte du doigt.

Elle acquiesce, sans broncher. Je ne peux plus la voir pour l'instant, mais hors de question que je la vire, car un jour, je trouverai bien un plan pour me venger.

Chapitre 16
L'enfer
IAM feat. East et Fabe

Vanessa
1 an et demi plus tôt. (Deux semaines avant le mariage de Léa et Adrian)

— Papa ? Tu es là ?

Je pousse la porte de son bureau et le découvre avachi sur son fauteuil en cuir, un verre de whisky dans la main et surtout, les yeux injectés de sang. Il a énormément bu, comme chaque soir. J'aimerais comprendre pourquoi il se met dans cet état. Est-ce les douleurs du passé qui refont surface ? Pourtant, c'est lui qui me dit à chaque fois de mettre tout ça dans un coin de ma tête et de continuer de vivre. J'ai fait des efforts pour lui. Je me suis relevée, car il faut dire que j'ai fait beaucoup d'erreurs, de dégâts et je ne lui ai pas rendu la vie facile. Il m'arrive encore de m'automutiler, mais je le fais de moins en moins. C'est lorsque j'ai un coup de mou, quand un point douloureux dans le ventre me serre comme un étau, quand maman et Andy viennent trop me brouiller l'esprit. De ce fait, je m'enferme dans ma chambre et je prends tout ce qui me passe sous les yeux pour me faire souffrir.

J'ai arrêté les cours il y a quelques mois, car malheureusement l'école n'était pas ma tasse de thé. En fouinant sur le net, je suis tombée sur une annonce qui m'a tout de suite intéressée : serveuse dans un bowling. Je me suis rendue au lieu en question et j'ai décroché ce job sans trop de difficulté. Je sais pourquoi, c'est parce que j'ai tapé dans l'œil du boss (ou plutôt ma poitrine a tapé dans ses beaux yeux bleus, mais qu'il ne s'avise pas de la toucher). C'est un grand brun à la carrure d'un joueur de rugby, possédant de nombreux tatouages qui font fantasmer toutes les filles. Sauf moi. Il est sympa, mais je ne suis pas attirée par ce genre d'homme. Seule sa came m'intéresse. La première fois que j'en ai pris, j'étais dans un délire complètement fou et depuis, j'en avale, j'en snife, j'en fume lorsque mon cerveau me joue des tours. J'ai une vie de merde et pour la rendre un peu plus attrayante, je m'amuse à pourrir la vie des autres, comme celle des employées du bowling. J'aime leur faire des crasses et qu'elles se fassent enguirlander par le patron. Je les déteste, mais ne me demandez pas pourquoi. Ma vie est un tel chaos que j'ai besoin de me défouler, de cracher mon venin partout là où je vais. En réalité, je hais tout le monde depuis que maman est partie, sauf mon père. Mais papa n'a pas l'air d'aller bien en ce moment. Il faut que je comprenne pourquoi.

— Papa… tu vas bien ?

Je m'en approche. Il plane à quinze mille. Il affiche un sourire béat et il hoche lentement la tête sans me dire un mot.

Non, ça ne va pas. Il a trop bu. Je dois vider le reste de la bouteille de whisky qui trône sur la table avant qu'il fasse un coma éthylique.

Je la prends et rive mon regard sur un papier blanc posé près de son ordinateur. Je fronce les sourcils et lis ce qui est écrit dessus.

Je vais faire de ton mariage un enfer, chère Léa,
Je vais te pourrir,
Toi et ton crétin de petit-ami, Adrian Legrand,
Personne ne sera épargné,
La vengeance est un plat qui se mange froid,
Vous serez mes souffre-douleurs.
Je ne t'oublie pas Roxanne,
Ton heure sonnera bientôt,
Vous allez tous crever,
Un par un.

Ce message pourrait horrifier n'importe qui, mais moi ça me fait sourire. J'aime le mot « vengeance ». Je dirais même qu'il est mon mot préféré. Ce message explique donc son comportement. Papa veut se venger alors moi, sa fille qui l'aime plus que tout, je vais l'aider et mettre au point un plan. À deux ce sera mieux, on arrivera plus vite à nos fins.

***

Une semaine avant le mariage de Léa et Adrian.

Papa n'est pas au courant de mon plan, mais il va être heureux. J'ai eu une idée de génie, une idée saugrenue qui a jailli comme ça tout d'un coup dans ma petite tête. Et là, je n'ai qu'une hâte : la mettre en place. Je m'appelle Vanessa, mais personne ne me connaît vraiment. Je peux être une traîtresse, une psychopathe, une sadique, une manipulatrice ou encore une grosse menteuse. Oui, je peux être tout ça à la fois et je vais montrer mon vrai visage dès à présent. Le jour de l'anniversaire de papa !

J'entre dans son agence avec un sac de supermarché puis souris faussement à la fille à l'accueil.

— Bonjour, Mademoiselle, vous avez rendez-vous ? me demande-t-elle en se levant de son fauteuil.

— Oui, avec mon père.

Je ne fais pas attention à sa réaction, je m'engage dans le petit couloir qui mène au bureau de mon père. Je suis déjà venue ici quelques fois, mais jamais je n'avais encore aperçu son personnel.

Je frappe et entre sans même attendre qu'on me réponde. Mon père se lève d'un bond en fronçant les sourcils.

— Vanessa ? Que fais-tu ici ? m'interroge-t-il en contournant son bureau.

— Joyeux anniversaire, papa !

J'abandonne le sachet sur une chaise puis me rue sur lui.

— Tu es venu simplement pour me souhaiter mon anniversaire ?

J'enroule mes bras autour de sa nuque et l'embrasse sur la joue.

— Bah oui… pourquoi ?

Je bats des cils.

— Tu sais bien que je n'aime pas ça.

— Peut-être, mais aujourd'hui j'ai envie de fêter ça… que tu le veuilles ou non.

Sur ce, je m'en détache et fouille dans le sac. J'en sors deux bouteilles de champagne, des coupes en plastique et des boîtes de gâteaux.

— Oh… mais il ne fallait pas amener tout ça, s'exclame-t-il en faisant de gros yeux. Tu as prévu de nourrir tout un régiment ?

Je lui dégaine un large sourire et lui réponds :

— Non… juste ton personnel et je te promets que tu auras le plus beau cadeau d'anniversaire.

Je sors du bureau puis crie dans le couloir :

— Votre attention, s'il vous plaît. Monsieur Valens vous attend tous dans son bureau. Et… tout de suite !

Mon père se tient dans l'embrasure de la porte, une main posée sur le mur et se gratte le menton.

— Vanessa… Je t'ai dit que…

Je me mets sur la pointe des pieds pour être à peu près à sa hauteur (car il fait bien 20 cm de plus que moi) et plaque ma main sur sa bouche.

— Tu n'as rien à dire. C'est comme ça et puis c'est tout. Je veux te faire plaisir.

Il lâche un soupir, mais finalement il me laisse passer.

À peine cinq minutes plus tard, tout son personnel se retrouve dans son bureau, trois femmes élégantes toutes plus belles les unes que les autres. Deux brunes et une blonde. Je me suis forcée à sourire lorsque Léa s'est présentée. Elle a même essayé de me serrer la main, mais je l'ai esquivée en faisant croire que j'avais envie de faire pipi.

Tandis que mon père parle avec elles, je fais exploser le bouchon d'une bouteille de champagne et remplis les coupes. Je regarde discrètement dans leur direction tout en sortant une petite fiole de la poche de ma veste rose. Ils ne se retournent pas sur moi, ce qui me permet de mettre mon plan à exécution. Voilà, c'est bon. À nous deux maintenant, Léa. La partie ne fait que commencer et on va bien rigoler.

***

Quinze minutes plus tard.

— J'ai chaud, s'exclame soudainement Léa en prenant une serviette en papier.

Elle la secoue devant son visage comme s'il s'agissait d'un éventail. Elle est rouge tomate et je suis obligée de me retourner afin que personne ne voie que je ricane.

— Que se passe-t-il ? Lui demande mon père. Tu ne te sens pas bien ?

— Si, mais j'ai l'impression qu'il fait 40 degrés dans la pièce.

— Tu veux prendre l'air deux minutes ?

Je tourne la tête discrètement et je la vois esquisser un grand sourire à mon père tout en papillonnant des cils. On dirait qu'elle est ivre. C'est rigolo !

— Je… je… balbutie-t-elle. J'ai mal à la tête… je crois que je vais rentrer chez moi.

Elle fait voltiger sa serviette derrière elle et s'agrippe comme un bébé singe au bras de mon père. Mon plan fonctionne. Dans peu de temps, papa recevra le meilleur des cadeaux et enfin on va pouvoir s'éclater.

— Tu devrais l'accompagner chez elle, papa. Imagine si elle a un accident sur la route.

Léa me regarde, dubitative.

— Ça va aller. Je tiens encore sur mes jambes.

Elle lâche mon père et se dirige vers la porte d'entrée en titubant comme une alcoolique. Elle ne saura jamais repartir seule. C'est évident. La drogue que je lui ai mise dans sa coupe va l'achever en quelques minutes.

— Vanessa a raison, affirme mon père en accourant vers elle. Je vais te conduire chez toi. Tu n'as pas l'air d'aller bien.

Mon père la rattrape de justesse avant qu'elle ne tombe.

— Tu es trop gentil, toi, ricane-t-elle comme une sotte tout en lui caressant la joue.

On doit se dépêcher, car cette drogue ne fait pas effet longtemps. Je ne voudrais pas que mon plan me passe sous le nez.

— Je viens avec vous, m'exclamé-je en trottinant vers eux.

Mon père semble intrigué, mais il ne dit rien. Je lui dirai toute la vérité lorsqu'on sera chez elle. Si vraiment il veut se venger, alors il n'hésitera pas une seule seconde. C'est le moment ou jamais. Après il sera trop tard.

***

— Il faut qu'on appelle les secours, me lâche mon père lorsqu'on arrive devant le seuil de l'appartement de Léa. Elle ne tient plus debout. Regarde, elle est toute molle.

Je secoue la tête et lui décoche un sourire carnassier avant de fouiller dans le sac de Léa.

— Pas besoin d'appeler les secours. Elle ira mieux dans quelques heures.

Il me lance un regard sceptique en maintenant contre lui Léa, qui a les paupières à moitié fermées.

— On ne peut pas la laisser comme ça. Elle…

Je le coupe tout en insérant la clef dans la serrure :

— Je t'assure qu'elle va aller mieux. Elle est juste un peu sonnée.

— Sonnée ? se met-il à crier.

Je lui fais les gros yeux en ouvrant la porte.

— Chut ! On va t'entendre. Oui, elle est juste sonnée. Je l'ai droguée pour que tu puisses te venger.

— Quoi ? Mais tu es folle ! Et comment as-tu eu cette drogue ?

Il a élevé si fort la voix que j'en ai mal aux oreilles. On va se faire capter s'il continue comme ça.

Je pose mon doigt sur mes lèvres afin de lui faire comprendre de baisser d'un ton.

— Non, je ne suis pas folle. C'est toi-même qui l'as écrit. Je sais tout, papa et à deux on sera plus forts. Fais-moi confiance.

— Je veux savoir comment tu as réussi à te procurer de la drogue. Réponds-moi, s'il te plaît.

— Ne cherche pas à savoir. Le principal, c'est que j'en ai et qu'on va pouvoir s'amuser.

Il est bouche bée, mais je n'en tiens pas compte. Non, il est trop tard pour revenir en arrière. Mon venin est en train de circuler dans mon sang et il est prêt à se répandre sur ma proie.

Je fouille des yeux l'appartement et me dirige tout droit vers un couloir. C'est sûrement par-là que doit se trouver sa chambre. Ça me répugne de m'y rendre, mais pour que mon plan soit crédible, il faut faire les choses convenablement. J'entends mon père qui mentionne mon prénom plusieurs fois de suite, mais je ne me retourne pas sur lui.

— Ici, crié-je en entrant dans la chambre.

Je n'inspecte pas l'endroit, mais mon attention se porte sur un cadre qui est face au lit. Le venin se met à bouillir dans mes veines quand je vois cette femme avec la pourriture qui a détruit la vie de ma mère et de mon frère. J'ai envie de quitter les lieux au plus vite afin de ne pas déverser ma colère. Mais non ! Je ne dois pas perdre mon sang-froid.

Calme-toi, Vanessa ! Dans quelques minutes, tout sera fini.

J'inhale une grosse bouffée d'air et la relâche lentement avant de sortir mon téléphone de la poche de ma veste.

— Jette-la sur le lit, lui ordonné-je lorsque je le vois entrer.

Il obéit. Léa se retrouve allongée sur le lit comme une étoile de mer, presque inconsciente. Mais d'ici une heure, elle retrouvera ses esprits sans vraiment savoir ce qui lui est arrivé. Je ne lui ai pas mis une grosse dose de GHB, de peur qu'elle ne le supporte pas. Mon but n'est pas qu'elle se rende aux urgences et qu'on découvre que quelqu'un l'a droguée. Non, ce que je veux, c'est lui pourrir la vie aussi à celle-là. Elle a fait du mal à papa.

— Mets-la à poil et fais de même pour que je puisse prendre des photos.

Il écarquille grand les yeux.

— Me mettre à poil ? répète-t-il, le visage qui vire au rouge cramoisi. Pourquoi veux-tu faire ça, Vanessa ? Je pourrais faire les choses différemment. Je n'ai pas envie de me mettre nu à côté d'elle. Qu'est-ce que tu vas faire de ces photos ?

Je lui pointe du doigt le cadre qui est face au lit pour qu'il comprenne que c'est maintenant l'heure de la vengeance. Je veux voir toute la haine qu'il possède dans ses yeux.

— Tu veux donc que ce connard gagne la partie ? lui demandé-je d'une voix stridente. Tu veux qu'il soit heureux et qu'il ne soit jamais puni ? C'est ça que tu lui souhaites ?

Je le vois serrer les poings, les narines fumantes. Il faut que j'insiste pour que sa colère soit encore plus forte.

— Tu veux qu'il se marie avec elle ? Tu as pensé à maman et à Andy ? Tu veux vraiment que…

— C'est bon ! Assez ! hausse-t-il la voix tout en levant une main devant moi. Il ne gagnera jamais.

Le rouge envahit son visage, sa nuque et ses pupilles se dilatent.

— Que comptes-tu faire avec les photos ?

— La faire chanter. Tu pourrais t'en servir pour détruire son mariage. Et ensuite… (J'explore mes ongles vernis de rouge, un sourire aux lèvres), tu pourras la manipuler en obtenant des infos sur celui qui a causé la mort de maman et d'Andy afin de lui pourrir la vie. Elle n'aura pas le choix de se plier à tes ordres. Sinon… tu balanceras toutes les photos sur les réseaux ainsi qu'à sa famille. Qu'est-ce que tu en penses ?

— Ce que j'en pense ?

Il se met à rire bizarrement.

— Eh bien… c'est une excellente idée, ma chère fille. J'aurais dû te demander de l'aide beaucoup plus tôt. Commençons tout d'abord par saccager son mariage.

Et sur ces derniers mots, il ôte sa veste, prêt à accomplir sa tâche. Mon pouls s'affole et un sourire vient étirer mes lèvres tellement je suis heureuse que mon père se prenne au jeu. Tout compte fait, ma vie n'est pas si ennuyeuse que ça. Je dirais même qu'elle commence sérieusement à m'épanouir.

***

Quinze minutes plus tard.

— Allez, une petite dernière, papa.

Il souffle, mais obtempère en posant une main sur un des seins de Léa. Nous n'avons pas eu du mal à la déshabiller et je suis même sûre qu'elle ne se rend pas compte qu'elle est nue. On dirait qu'elle dort. Une belle au bois dormant empoisonnée par un élixir empli de venin. C'est ça son sort. J'avoue qu'elle a une silhouette magnifique, mais elle me répugne comme lorsqu'on m'offre un cadeau affreux. Oui, elle est affreuse à mes yeux. Je la déteste !

Allez, encore un petit effort, c'est bientôt fini.

Papa la caresse en affichant un sourire en coin. Je fais des zooms et clique sur le bouton de l'appareil photo.

— Parfait ! J'ai assez de photos. Tu peux te rhabiller.

Je suis satisfaite de mes photos, mais soudain, mon sourire s'efface lorsqu'un bruit de porte qui claque se met à résonner dans l'appartement. Mon père se lève d'un bond du lit. Merde ! C'est quoi ça ? Quelqu'un est entré ? Je prie pour que ce soit un courant d'air, mais c'est absurde de penser ça.

— Léa ? Tu es là, mon cœur ?

Oh non ! Ça doit être lui ! Adrian Legrand, son petit ami. Merde ! Merde ! Merde ! J'aurais dû me renseigner sur les heures de son travail.

Je regarde mon père qui semble aussi effrayé que moi. Qu'est-ce qu'on fait ?

— T'es déjà rentrée ? crie-t-il.

Sa voix se rapproche de nous.

Je jette un coup d'œil circulaire dans la chambre et la seule option que je vois, c'est me planquer sous le lit. Mais papa ? Où va-t-il se cacher ?

— T'es où ? Dans la chambre ? Je… je crois que j'ai chopé une gastro. Ce n'est pas encore ce soir que je vais jouer avec ton petit corps de rêve.

Je dois être aussi blanche qu'un cadavre.

Léa cligne des paupières puis remue la tête et les bras. Je suis certaine que l'effet de la drogue va s'estomper d'ici quelques minutes.

— Cache-toi ! me souffle mon père tout en attrapant son pantalon.

Je me glisse rapidement sous le lit, le cœur battant. La porte de la chambre est restée ouverte. Si mon père ne se cache pas, ça risque de dégénérer.

— Qu'est-ce que tu fais ? Je te jure, ma chérie, que je ne saurais pas te faire l'amour dans cet état si tu m'attends nue dans le lit. J'ai l'impression que je vais crever.

Je vois une paire de baskets près de la porte et tout d'un coup, le mec se met à crier :

— Putain ! Qu'est-ce qu'il se passe ici ?

Je ne vois rien, mais je suppose qu'il bout de rage. Le timbre de sa voix était terrifiant.

— J'y crois pas ! hurle-t-il. Ma nana qui s'envoie en l'air avec son patron dans mon pieu ! Mais putain ! Je vais te défoncer la gueule, sale con !

Mon cœur bat la chamade. Ils vont se battre et je ne peux rien faire, car si je sors de ma planque, il risquerait de se poser tout un tas de questions.

Je le vois s'approcher, mais il fait volte-face et quitte la chambre en courant.

— Sors, Vanessa, me chuchote mon père. Dépêchons-nous de partir.

J'obéis. Je me précipite à me dégager de ma cachette. Devant la porte, j'observe à droite puis à gauche pour voir s'il n'est pas dans les parages, mais vu ce qu'il vient de dire, je suppose qu'il est parti se réfugier aux toilettes.

Mon père me suit avec le reste de ses vêtements en main puis nous quittons l'appartement en courant à toute vitesse. Malgré tout, je me mets à rire dans le couloir. Oui, car mon plan a fonctionné et aura des répercussions plus vite que prévu. Pas besoin de lui mettre les photos sous les yeux. Il a assisté en direct au spectacle.

Bien fait pour toi, sale connard. Tu vas te retrouver seul et c'est tout ce que tu mérites !

Chapitre 17
Bang Bang
Ariana Grande, Jessie J., Nicki Minaj

Adrian

La scène qui se produit sous mes yeux se passe comme dans un film. Un véritable polar qui me glace le sang. Malheureusement, tout est bien réel. Ce soir dans la forêt, je suis une victime qui joue un vrai rôle d'acteur. Je suis face à deux cinglés qui veulent me buter, accompagnés de deux mafieux qui me contemplent d'un œil haineux et menaçant.

Mon ex-copine vient de se faire tuer par une psychopathe devant ma gueule et ma nana actuelle accourt vers nous, affolée, le regard mortifié, ses mains qui gigotent dans tous les sens. Les larmes coulent à torrents sur son visage d'ange, mais elle est belle. Belle dans sa jolie robe noire évasée qui lui arrive au-dessus des genoux. Belle, coiffée d'une tresse africaine, avec ses mèches rebelles qui s'en échappent et qui volent au gré du vent. Belle parce qu'elle dégage une âme pure. Je l'aime et je l'aimerai toujours. Je veillerai sur elle. Tous les jours. Elle sera en permanence avec moi, même si la mort nous sépare. Mais elle ne va pas mourir ce soir, c'est moi. Moi celui qui va empêcher tout ce massacre.

Elle hurle, à faire vibrer les feuilles des arbres en se dirigeant vers nous. Jamais je ne l'avais entendue élever si fort la voix et pourtant, Dieu sait que je l'ai souvent fait crier lorsque je la faisais grimper aux rideaux. Je n'ai jamais été aussi comblé en amour. Un amour immense, profond et surtout, sincère.

La panique me submerge davantage lorsqu'elle se rapproche, seule et sans moyen de défense. Je tourne la tête vers mes agresseurs, qui pointent leurs flingues vers elle. Mon cœur me fait mal, il tambourine comme de violents coups de marteau dans ma poitrine. Non ! Putain ! Non ! Pas elle ! Pas ma beauté ! Ils ne la tueront pas ! Je préfère crever et lui laisser la vie. Si elle meurt, je meurs aussi. Je ne pourrais jamais faire ma vie sans elle. Elle a toujours été ma bouffée d'oxygène, celle qui m'a sorti d'une impasse douloureuse. Mais là elle est en réel danger et mon cerveau me dit de foncer, de la sauver, alors que c'est elle-même qui est venue à mon secours. Je l'aime trop. J'en suis fou. Malheureusement, plus aucun temps ne m'est accordé pour que je puisse la regarder une dernière fois avant ma mort. Car je sais qu'à la seconde où je vais me jeter dans ce tas d'abrutis, ma vie sera finie. Elle partira en fumée. Je ne serais plus rien dans ce monde. Juste un vague souvenir, mais pour certains, ce sera difficile. Mes agresseurs ne vont pas se gêner pour me faire disparaître. Tant pis, je n'ai pas le choix. Ma puce avant tout ! Alors, même si mes poignets sont ligotés, je me donne le courage pour me ruer sur Valens. Je vais le tuer !

— Noooon ! aboyé-je en lui transmettant un coup de tête dans l'estomac.

Mes veines bouillonnent d'adrénaline. Dommage que je ne sois pas un taureau pour lui enfoncer mes cornes dans sa chair et le vider de tout son sang.

— Ne touche pas à un seul de ses cheveux.

Il lâche un rire tonitruant qui me donne froid dans le dos.

— Tu as perdu la manche, cher Adrian, tu vas crever, toi aussi, jubile-t-il.

Et son poing valdingue dans ma mâchoire. Si fort que je me retrouve les fesses à terre, le crâne qui cogne violemment contre le sol. Putain de bordel de merde ! Ça fait un mal de chien. Un goût de sang emplit ma bouche et ma tête se met à tourner comme une platine vinyle mise à une puissance maximum. Je ne vois plus que des ombres devant moi, qui deviennent progressivement floues. J'ai l'impression d'être dans le brouillard.

Je tente de me relever, mais j'ai perdu toute énergie. J'entends des coups de feu, des gens qui s'agitent autour de moi comme si j'étais en pleine guerre. Il y a du sang. Partout. Des personnes en tenues bleues.

Les hurlements me percent les tympans, mais petit à petit ils deviennent un écho et mes paupières se ferment tout doucement. J'aperçois Zoé. Elle est floue, mais je la vois. Je lui chuchote des « je t'aime ». Ma beauté, mon ange, ma puce. Son visage est le plus étincelant qu'il peut y avoir sur terre. J'aime ses cheveux auburn, son petit nez parsemé de taches de rousseur, ses dents blanches bien alignées, sa silhouette de rêve. J'adore tout chez elle. Mais là, je ne la vois plus. Tout autour de moi devient noir. Un noir profond. Je m'effondre. Suis-je en train de mourir ?

Chapitre 18
Body and blood
« Corps et sang »
Ghost

Valens Grégoire

Je m'effondre sur le bitume, le cœur en sang, la vision brouillée. Je suis en train de mourir. Ce n'était bien sûr pas comme ça que j'imaginais ma fin, mais j'aurais dû m'en douter. Les ordures comme moi ne s'en sortent jamais indemnes.

J'aperçois un millier de fourmis noires devant mes yeux, des ombres qui bougent à droite puis à gauche et j'entends des chants d'horreur. Est-ce des fantômes ? Des anges qui viennent me chercher pour m'emmener au paradis ? Non ! Je n'ai pas été gentil dans ma vie. C'est la faucheuse qui m'emmène vers les ténèbres. J'ai été un méchant et les méchants vont en enfer.

J'ai fait trop de mal autour de moi parce qu'on m'a brisé, comme un vase qu'on laisse tomber à terre. J'ai tout perdu : un fils et une femme qui se sont suicidés et une fille qui est à l'agonie à côté de moi. Je l'observe, mais je n'ai pas la force de prendre sa main dans la mienne. J'aimerais tellement sentir le contact chaud de sa peau contre moi, lui dire que je l'aime, mais je ne peux plus. Non, je ne peux plus, car je me vide de mon sang. Je me sens froid, comme si on me recouvrait de glace. J'ai perdu la bataille, un flic m'a tiré dessus.

Des images de mon plan de vengeance viennent me brouiller la vision. Je revois tout. Tout de A à Z. Tout ça n'aura servi à rien, car j'ai échoué. Mais j'ai pris plaisir à saccager la vie de toutes les personnes qui m'ont fait souffrir.

J'ai manipulé Léa pour avoir des informations sur son ex-copain. J'étais contraint de la garder avec moi après ce que nous lui avons fait une semaine avant son mariage. Elle ne se souvenait plus de rien lorsque son fiancé nous a découverts dans son pieu. Le lendemain, elle est venue chez moi en pleurs pour m'annoncer qu'elle avait rompu, ce qui m'a fait sourire, car le plan fonctionnait comme sur des roulettes.

Je l'ai consolée et je lui ai fait oublier sa peine en lui faisant croire qu'elle serait heureuse avec moi. Et lorsqu'elle l'a cru, je l'ai baisée, violée, détruite. Je suis devenu un dragon, son pire cauchemar. Je ne savais plus m'arrêter. J'avais l'envie de lui faire tout le temps du mal, ce qui a laissé des marques apparentes. Afin qu'elle ne s'échappe pas de mes griffes, j'ai capturé nos moments intimes sur des clichés et je l'ai menacée, l'obligeant à rien dire si elle voulait rester en vie. J'aurais pu tout divulguer sur les réseaux sociaux pour montrer au monde entier que cette femme était une grosse salope. Un faux pas et je balançais tout.

Et puis un jour, j'ai cru que tout allait s'écrouler lorsqu'elle m'a dit qu'elle était enceinte. Elle me l'a annoncé à trois mois de grossesse, trop tard pour que je lui ordonne de se faire avorter. Je dois admettre que j'ai souvent pris des risques à la baiser sans protection et je n'ai pas douté une seule seconde que j'étais le père de son enfant. Elle était sous mon emprise et avant que je monte mon plan, elle m'avait avoué qu'il ne se passait plus grand-chose avec son fiancé depuis un certain moment. Elle avait même fait semblant d'être malade afin qu'il ne la touche plus. Elle était perdue. Elle pensait que son mariage aller tout arranger, mais elle s'était rendu compte finalement que plus rien ne collait entre eux.

Je n'ai jamais voulu de cet enfant, c'était une erreur. Oui, une grosse erreur. Plus les jours avançaient et plus je me détériorais. J'étais devenu un alcoolique, un drogué, une épave qui faisait peur et j'avais mis à la porte tout mon personnel. Je ne ressentais plus le besoin de travailler, alors j'ai fermé l'agence et je l'ai revendue.

Je ne voulais pas voir Léa pendant sa grossesse. De ce fait, je lui ai trouvé un appartement miteux où j'ai installé des caméras de surveillance afin qu'elle ne fasse pas de conneries. Je devais l'avoir à l'œil, mais je me sentais plus libre quand elle n'était pas avec moi. Je pouvais sortir tranquillement et dénicher quelques poulettes pour assouvir mes désirs. Mais ça ne me comblait pas assez, il me manquait quelque chose pour m'épanouir.

Vanessa, ma petite fille chérie a toujours été là pour moi. J'ai été là également pour elle et à deux, on était soudés comme les deux doigts de la main. Grâce à elle, ma vie est redevenue meilleure, plus croustillante. Elle ne voulait pas qu'on abandonne notre plan. On avait peut-être détruit le mariage du salopard, mais on ne s'était pas occupés du cas de Roxanne, la première à avoir fait du mal à mon fils.

En faisant quelques recherches, nous nous sommes aperçus qu'elle était mariée et qu'il était difficile de s'en approcher. Son petit toutou était toujours près d'elle, comme s'il la protégeait du monde entier. Pire qu'une star de cinéma. Je ne trouvais pas le moyen de me venger de cette garce, mais un jour, j'ai découvert l'existence de deux sœurs. Une petite bourgeoise qui se faisait entretenir par son mari avocat et qui préparait un mariage de luxe. Puis une autre, célibataire, sans enfant, vendeuse dans un magasin de prêt-à-porter : Émily. Je voulais me venger sur elle et je n'ai pas perdu de temps. J'avais besoin de déverser ma colère sur quelqu'un. Je me suis rendu à son lieu de travail et j'ai réussi à l'accoster. Puis s'en est suivi un rendez-vous, puis deux, trois, quatre jusqu'à ce que j'arrive à la capturer dans mes bras. Et elle a reçu le même sort que Léa. Je l'ai droguée, violée, frappée. Je lui ai promis le bonheur, mais en réalité, elle était devenue mon souffre-douleur. Elle ne s'en rendait pas souvent compte à cause de la came que je lui administrais dans ses verres.

Léa étant toujours sous mon influence, j'ai pu découvrir les lieux que fréquentait ce cher Adrian ainsi que ses petites habitudes et je l'ai également suivi à la trace. Je l'ai régulièrement épié lorsqu'il se rendait dans des pubs pour aller se saouler la gueule et j'ai fait en sorte qu'il rencontre ma fille afin qu'on accélère le processus de la vengeance. Après qu'elle l'a aguiché dans un pub, elle a redoublé d'efforts pour coucher avec cet homme qui la répugnait tant, puis au bout du deuxième rencard, elle a mis de la drogue dans son verre tandis que je faisais pareil de mon côté avec Émily. Nous les avons piégés en prenant des photos d'eux complètement nus, mais ils n'ont jamais été au courant de notre supercherie.

Émily n'était pas aussi docile que Léa. J'ai eu un mal de chien pour la faire taire. Forcément, elle ne comprenait pas pourquoi elle se retrouvait avec des marques sur le corps lorsqu'elle se réveillait. Et une fois, elle a réussi à s'échapper de ma maison pour aller me balancer à la police. J'ai fait de la garde à vue, mais ils n'ont rien trouvé pour m'accuser. C'était sa parole contre la mienne. Je l'ai fait passer pour une droguée et ça a fonctionné. De plus, j'ai été malin comme un singe, j'ai caché toutes les photos dans le grenier de chez mes parents, scellées dans un coffre afin que personne ne puisse les découvrir.

Je l'ai retrouvée deux jours plus tard et je lui ai mis les photos sous le nez en la menaçant. C'était soit elle fermait sa gueule, soit je les divulguais sur les réseaux. Et bien sûr avec ces beaux trésors à l'appui, elle n'avait pas d'autre choix que de se plier à mes exigences. Elle était outrée, complètement choquée de voir que j'avais fait une telle chose. Elle voulait savoir pourquoi j'étais aussi cruel, mais je me suis tu. Et pour lui montrer que j'étais sérieux, je me suis procuré un flingue et je lui ai dit que je pouvais m'en servir. Elle n'a pas bronché. De ce fait, je l'ai laissée partir. Je n'avais plus besoin d'elle, mais je la gardais toujours à l'œil. Même lorsqu'elle est partie en Angleterre, j'ai engagé quelqu'un pour la suivre.

Puis après s'en est suivi toute une série de punitions que j'ai infligées à Adrian, mais également à sa nouvelle copine. Il était hors de question qu'il retrouve le bonheur. Non, il ne le méritait pas. Alors j'ai voulu briser son couple. C'est pourquoi ma fille s'est intéressée à son cercle d'amis et a fait connaissance avec une certaine Anna qu'elle a rencontrée un soir dans un pub. Elles ont sympathisé, se sont fréquentées intimement. Le but était que cette charmante Anna nous donne des informations sur les lieux de sorties de ce couple par le biais de sa copine Alicia, sa meilleure amie. Sans le vouloir, Anna a été manipulée.

Cette fille était une sacrée pipelette, aussi bavarde qu'une pie, ce qui était très excitant pour nous. Tout ce que lui disait son amie Alicia était rapporté aux oreilles de ma fille et c'est comme ça que nous avons pu suivre à la trace ce cher Adrian et cette ravissante Zoé. J'en aurais bien fait mon dessert. Agréable à regarder. Ce connard a vraiment bon goût.

J'ai payé un SDF afin qu'il agresse cette Zoé à son lieu de travail, je les ai suivis dans un musée pour le faire enrager, j'ai ordonné à Léa de se rendre au studio photo pour qu'elle dise à ce cher Adrian qu'elle était enceinte de lui. Malgré tout ça, leur couple est resté soudé. Il fallait que je trouve d'autres moyens et j'ai poussé le vice plus loin. Grâce à Anna, qui a donné des informations à Vanessa concernant une sortie à la crêperie d'un de leurs amis. Vanessa a assisté à la soirée en se déguisant et a mis en garde la jeune fille contre Adrian. Je voulais qu'elle ait des doutes sur son petit ami, mais leur amour a résisté une fois de plus. Mais ça ne pouvait pas durer comme ça. Pourquoi aurait-il la belle vie ? Je n'étais pas assez cruel. Je n'avais plus qu'une solution : dévoiler les magnifiques photos d'Adrian avec Émily à sa copine. Alors, je lui en ai glissé une dans sa boîte aux lettres, pensant que ce serait enfin la fin de leur idylle, mais j'ai échoué une fois de plus. Et comme si ça ne suffisait pas, il a fallu que Léa aille se plaindre à son ex, voulant ruiner mon plan. Encore heureux que je l'ai retrouvée, mais il a fallu que je la garde près de moi afin qu'elle n'aille pas prévenir la police.

De ce fait, j'ai mis en vente ma maison afin que ce cher Adrian Legrand ne vienne pas semer la zizanie dans mes affaires. J'ai déménagé à trente kilomètres de Paris et j'ai fait croire à ma mère que Léa ne pouvait pas s'occuper de son bébé, car elle était schizophrène. C'est donc maman qui prend soin de l'enfant. Je voulais punir Léa en lui interdisant de le voir, ce qui l'a rendue carrément folle. J'ai dû l'enfermer dans une pièce vide afin qu'elle ne commette pas de bêtises sur elle.

Et puis, j'ai continué à rendre la vie pénible aux deux tourtereaux, jusqu'à embaucher un délinquant pour agresser ce cher Adrian devant le lieu de travail de la jeune fille. Mais rien ne fonctionnait comme je le voulais. Leur amour était trop fort. Impossible de les séparer. Tout ça devait cesser au plus vite, mais j'ai attendu le jour des dix ans de la disparition de mon fils pour en finir avec tout ça. Roxanne a reçu une charmante photo qui faisait croire qu'Adrian Legrand était agressif avec sa sœur Émily, puis un mot pour la pousser à aller le voir. Et voilà comment j'ai mis fin à mon plan, mais malheureusement, tout s'est retourné contre moi.

Tandis que je peine à respirer, la nuit se referme sur moi. J'entends encore des voix, dont celle de ma petite Vanessa, mais je ne comprends plus rien. Tout doucement, je m'engouffre dans les profondeurs d'un souterrain. Celui de la mort.

Chapitre 19
I love you always forever
« Je t'aime pour toujours et à jamais »
Donna Lewis

Zoé

Je déteste les murs blancs des hôpitaux. Je déteste que l'angoisse me ronge. Je déteste être dans un état aussi misérable. Mais je ne peux m'empêcher de pleurer.

Les larmes coulent à flots sur mon visage et une violente douleur me compresse la poitrine, comme si quelqu'un m'étouffait. La nausée me prend. Il faut que je trouve des toilettes. Mais il est trop tard. J'ai juste le temps de pencher ma tête sur le côté pour ne pas vomir dans le lit. C'est horrible ! Je souffre et je crie comme si j'étais en train d'agoniser. Des personnes me parlent, mais les voix ne sont que des murmures. Une me soulève les cheveux pour me les passer à l'arrière de ma nuque et une autre me présente un haricot en carton devant mon visage. Ils sont gentils, ici. On prend soin de moi, mais il manque quelqu'un : Adrian. Mon voyou. Je veux le voir. Sans lui, je suis perdue. J'ai besoin de sa présence, de l'embrasser, de le prendre dans mes bras, de sentir son contact chaud contre moi, qu'il me raconte des bêtises et surtout, d'entendre son cœur battre.

— Je veux le voir, murmuré-je avant de laisser tomber ma tête lourdement sur l'oreiller.

Je cligne des paupières afin de lutter contre la fatigue, mais je n'y arrive pas. Mes yeux se ferment doucement, puis je plonge rapidement dans un sommeil profond.

***

En pleine nuit.

— Adrian ! hurlé-je en me réveillant d'un bond.

Paniquée, j'observe autour de moi, tremblante comme une feuille. Je suis plongée dans le noir, dans une pièce qui me donne des sueurs froides. Une chambre d'hôpital. Non ! Qu'est-ce que je fiche encore ici ? Pourquoi suis-je seule ? Où sont Adrian, Seb et Alicia ?

— Adrian !

Une machine se met à biper sur ma gauche, ce qui m'affole davantage. Mais c'est quoi ces ronds blancs qui sont collés sur ma peau ? Et pourquoi suis-je en blouse ? Qu'est-ce qui m'est arrivé ?

— Mademoiselle, calmez-vous ! s'élève tout d'un coup une voix grave, celle d'un homme.

Mon cœur bat follement dans ma poitrine. Je me hisse en position assise.

— Que se passe-t-il ? me demande-t-il en éclairant la pièce.

Je grimace, car la lumière agresse mes yeux, puis mon regard suit cette silhouette à la tenue blanche qui se dirige vers la machine. Un jeune homme qui doit bien faire deux mètres de haut, fin comme un fil de fer et qui a la peau foncée.

— Pourquoi Adrian n'est-il pas ici avec moi ?

La machine cesse son bruit infernal.

— Adrian ? De qui voulez-vous parler ?

— De mon petit-ami. Il va bien ?

— Oh… oui. Il a eu un petit traumatisme crânien, mais ses jours ne sont pas en danger.

— C'est vrai ? Est-ce que je peux le voir ?

Il fait non de la tête. Je vais péter un câble si on ne le ramène pas tout de suite dans ma chambre. Il n'y a que sa présence qui peut m'apaiser. Je veux le voir et surtout je veux savoir s'il va bien, car la dernière image que j'ai de lui est celle d'un homme allongé sur un brancard. Il avait perdu connaissance quand Valens lui a foutu son poing dans la mâchoire. Sa tête a cogné violemment contre le sol. Valens ! Mes entrailles se tordent rien que de penser à lui. Je sens que je vais vomir. Ce mec me répugne encore alors que je sais qu'il est parti en enfer. Il a été abattu sur-le-champ, mais il aurait dû avoir une mort lente, être torturé pendant des heures.

— Il faut que vous vous reposiez, Mademoiselle. Il est trop tôt.

— Mais non ! J'ai juste besoin de lui, hurlé-je en sanglotant.

— Chut ! Taisez-vous ! (Il plaque son index sur ses lèvres) Vous allez réveiller les autres patients.

Mais je m'en fiche, moi, de les réveiller ! Qu'il m'emmène voir Adrian, bon sang !

— Je n'ai plus sommeil. Je veux partir d'ici !

Il lève les yeux au ciel puis soupire. Il ne me connaît pas. Je suis une tigresse et les tigresses sortent leurs griffes quand elles sont en colère.

— Il se repose actuellement. Ne vous inquiétez pas. Vous le verrez très bientôt.

Il se repose ! Ouf ! Cela me rassure un peu.

— Quelle heure est-il ?

— Bien trop tôt pour vous lever. Il n'est que 5 heures.

Déjà 5 heures ? Je me souviens d'être arrivée à l'hôpital vers 22 heures. On m'a fait pas mal d'examens et les flics ont essayé de m'interroger, mais je n'ai pas réussi à leur raconter les faits. Tout ce qui m'importait était de connaître l'état de santé d'Adrian, mais malheureusement personne ne m'a répondu même si j'ai posé la question plus de mille fois. Non, on me disait juste de me calmer et que tout allait bien se passer. Je n'aurais jamais pu me détendre dans de telles circonstances.

Je revois la scène. Une scène affreuse que jamais je n'aurais pensé vivre un jour dans ma vie. Mais tout était bien réel. Valens et sa bande ont voulu me buter lorsque je suis apparue devant eux. Mais moi, tout ce que je voulais, c'était protéger mon amoureux, le secourir et l'éloigner de ces monstres. Tout s'est passé si vite à cet instant. J'ai vu Adrian s'étaler à terre et les flics sont intervenus rapidement en tirant vers les fous furieux. Des hurlements ont fusé de partout et je me suis mise à pleurer toutes les larmes de mon corps. J'ai rampé jusqu'à Adrian et j'ai posé ma tête sur son torse pour écouter les battements de son cœur. Il était vivant. C'était l'essentiel. Dans ses murmures, je l'entendais me dire qu'il m'aimait. Je lui ai susurré la même chose et je suis restée auprès de lui jusqu'à ce que les secours arrivent. Toute la France doit être au courant de cette histoire rocambolesque, y compris mes parents qui doivent s'inquiéter. Il faut que je les prévienne ! Il faut que je les prévienne ! Où se trouve mon téléphone ?

Affolée, je tente de me lever, mais l'infirmier m'en empêche en posant sa main sur mon bras.

— Restez dans votre lit, Mademoiselle. Vous ne pouvez pas sortir de votre chambre maintenant. Vous devez vous reposer un maximum. Votre tension est toujours élevée.

Je ravale un grognement. C'est pour ça tous ces branchements. Mais peu importe, je pourrais les arracher et m'évader de ce lieu morbide pour retrouver ma moitié.

— Je dois appeler mes parents, mais aussi ma sœur et…

Il fait non de la tête. Comment ça, non ? Il faut que je les rassure, que je leur dise que je suis toujours en vie.

— Je viens de vous dire de vous calmer. Vos proches sont au courant. Ils viendront vous voir demain à l'heure des visites.

À l'heure des visites ? Mais combien de temps vais-je rester ici ? Je veux retourner chez moi et qu'on me retire tous ces trucs de mon corps ! Et pourquoi cette machine se met-elle de nouveau à sonner ? Ça me stresse encore plus. OK, il va falloir que je me calme, car je crois qu'elle va éclater. Mon cœur bat trop vite.

— Je ne vous embêterai plus si vous me laissez le voir cinq minutes. S'il vous plaît…

Je le supplie, en plongeant mes yeux emplis de larmes dans les siens. De toute façon, s'il ne cède pas, je hurle à lui faire exploser ses tympans. Mais à croire qu'il a lu dans mes pensées, car il arrête la machine en soupirant et retire les branchements qui sont sur les électrodes qui me couvrent le buste ainsi que le brassard bleu qui serrait mon bras.

— Je vous accorde cinq minutes, mais après, il faudra vous rendormir un peu. OK ?

Je hoche la tête, soulagée. J'ai tellement hâte de le voir. Dire que j'ai failli le perdre. Et j'aurais pu mourir aussi. Mais n'importe qui aurait agi comme moi pour sauver son âme sœur et je ne regrette pas d'avoir couru à son secours.

Je m'assieds sur le bord du lit et enfile des chaussons en papier. Il ne me manque plus qu'une charlotte et on pourrait croire que je vais au bloc opératoire. L'horreur. Je préfère ne pas penser à ça. Je n'ai jamais fréquenté beaucoup les hôpitaux et j'espère ne pas y revenir de sitôt.

Le soignant m'aide à me relever en me proposant son bras. Je m'y accroche puis pose un pied à terre. Ma tête swingue légèrement, mes jambes tremblotent, mais ce n'est pas ça qui va m'empêcher d'aller voir Adrian. Alors j'inspire et expire lentement en fermant les yeux, puis je me mets à marcher vers la porte.

Je le lâche lorsque nous arrivons devant la porte de la chambre d'Adrian.

— Je reviendrai vous chercher dans cinq minutes.

Je le remercie puis baisse la poignée de la porte. J'entre en silence, à pas de loup afin de ne pas le réveiller. Il est allongé sur le lit, recouvert d'un drap blanc jusqu'à ses épaules. Une machine surveille sa tension, mais contrairement à la mienne, elle ne sonne pas. Il semble serein.

Les larmes n'en finissent plus de couler sur mon visage. Je suis tellement heureuse de le voir. Enfin ! Je vais pouvoir le toucher, l'embrasser, lui parler même s'il dort profondément.

Je m'approche de son chevet et m'assieds au bord du lit. J'observe son visage. Même si nous sommes plongés dans l'obscurité, j'aperçois une énorme rougeur sur sa joue gauche. Elle est gonflée. Sale pourriture de Valens ! Je lui aurais bien fait la même chose en mille fois pire. Je connais toute l'histoire, maintenant. J'ai entendu les flics en parler avec deux femmes lorsque je suis restée à côté d'Adrian dans la forêt. J'ai toujours su que mon voyou n'était pas violent. Je n'ai jamais douté de lui et je lui ai souvent dit que la roue tourne toujours du bon côté. J'avais raison. Maintenant, il ne nous embêtera plus. Il est loin de nous. Lui, sa fille et ses coéquipiers. Tous en enfer. Qu'ils brûlent !

Adrian remue la tête et les bras en poussant un petit grognement. Il sent sûrement ma présence, mais il ne se réveille pas. L'infirmier a raison, je vais le laisser se reposer, car il en a besoin. Mais j'avais besoin de le voir pour m'assurer qu'il allait bien. Lorsque nous sommes arrivés à l'hôpital, des soignants l'ont embarqué pour lui faire tout un tas d'examens et depuis je ne l'ai pas revu. Moi aussi, ils m'ont examinée de la tête aux pieds, mais je n'ai aucune blessure. Valens et sa meute n'ont pas eu le temps de me toucher. C'est juste moralement que ça ne va pas. J'aimerais revenir en arrière pour changer le planning de la journée. On aurait dû rester au chaud, dans les bras l'un de l'autre, dans notre lit douillet. Mais Valens se serait vengé un autre jour et maintenant, je dois me dire que cette histoire est derrière nous et qu'on va pouvoir revivre normalement. On va déménager et on va reprendre le train-train quotidien, même si la peur nous rongera encore un moment. Mais elle disparaîtra petit à petit et à deux, on sera forts, on sera toujours soudés et on se protégera du monde extérieur.

D'une main trémulante, j'approche ma main du visage d'Adrian et je caresse affectueusement sa joue. Je plante un baiser chaud et doux sur ses lèvres sèches puis pleure contre son cou. Je serais incapable de retenir mes larmes. Mais ça suffit, maintenant. Je dois le laisser tranquille. Je reviendrai le voir d'ici quelques heures. J'ai encore besoin de sommeil également et il va me falloir beaucoup d'énergie dans les jours qui suivent pour que je puisse m'occuper de lui.

Je l'embrasse sur le front puis me mets debout. C'est à ce moment-là qu'il attrape mon poignet et qu'il ouvre les yeux. Mon cœur s'exalte, mes jambes se mettent à flageoler, ce qui ne me laisse pas le choix de me rasseoir.

— Tu allais partir ? me demande-t-il d'une petite voix.

— Je… je…

Bon sang, je ne sais même pas quoi dire tellement je suis contente de l'entendre parler.

— Embrasse-moi. Je veux encore sentir tes lèvres sur les miennes, m'ordonne-t-il en tirant sur mon poignet afin de me ramener à lui.

Je m'empourpre. Il me sourit. Ce sourire que j'aime tant. Si beau.

Je penche ma tête vers la sienne et pose délicatement mes lèvres sur les siennes. Elles sont moins sèches et je suis surprise qu'il ouvre la bouche pour faire danser sa langue contre la mienne dans un magnifique slow enivrant. Toutefois, il interrompt vite notre baiser. Il grimace en mettant sa main sur sa mâchoire.

— Merde ! Je vais devoir me contenter de faire dans la simplicité pendant quelques jours. Ce n'est pas dans mes habitudes.

Je pleure de rire.

— Et ça te fait rire ?

Je bredouille en essuyant mes pommettes avec mes doigts :

— Non… non, c'est juste que je suis heureuse de t'entendre. Tu m'as tellement manqué.

— À moi aussi tu m'as manqué.

Il essaie de se redresser, mais il grimace.

— Reste comme ça, lui murmuré-je en posant ma main sur son torse. L'infirmier m'a dit que tu devais te reposer.

— Je ne suis pas mourant.

— Non, mais tu as eu un choc à la tête.

— Ouais, mais je vais bien. Et puis… je n'ai plus envie de dormir, maintenant que tu es là.

Je lève les yeux au ciel.

— Mais il le faut. Je reviendrai te voir dans quelques heures. OK ? On ne va pas tarder à venir me chercher.

Je prends sa main dans la sienne puis l'embrasse.

— À tout à l'heure.

Il secoue la tête et me serre la main. Il est évident qu'il ne veut pas que je m'en aille. Moi non plus je ne veux pas partir, mais l'infirmier va se fâcher.

— Reste. J'ai besoin de toi. Je n'ai pas envie d'être seul. Allez… viens faire dodo à côté de moi.

Il tapote le matelas et se décale pour me laisser une mini-place.

— T'es pas sérieux ?

— Tu sais bien que si. Allez, viens. Je veux te sentir contre moi.

— Mais…

Il me coupe :

— Arrête avec tes « mais ». Je ne te demande pas de te mettre à poil, même si j'en crève d'envie. (Il sourit) Je veux juste que tu sois près de moi. Je dormirai mieux.

Je ris.

— Je t'aime, mon ange. J'ai tellement eu peur de perdre, de ne plus te revoir. Je ne pourrais plus rester une seule seconde sans toi.

Je relève un sourcil :

— Une seule seconde ?

— Oui, me répond-il du tac au tac. Je ne peux plus me passer de toi. Tu ne vas pas avoir le choix de me supporter 24 h/24.

— Comment vais-je faire alors si je dois aller aux toilettes ? Tu ne vas pas me regarder en train de faire caca ?

— Bien sûr que si. Je connais ton corps plus que n'importe qui. D'ailleurs, je pourrais envisager d'explorer cet endroit un peu plus la prochaine fois.

— Jamais de la vie. C'est un endroit qui restera vierge.

Il rit doucement.

— Je plaisante. Allez… viens. Je te promets que je ne toucherai pas à ton petit trou.

Il tapote de nouveau le matelas, les yeux rieurs, ce qui me fait sourire. Je retrouve enfin mon voyou espiègle. C'est de ça dont j'avais besoin. Lui seul sait me rendre joyeuse.

Finalement, je m'allonge à côté de lui et le serre dans mes bras. C'est là mon refuge, dans ses bras chauds et réconfortants.

— Je t'aime pour toujours, ma beauté. Je ne te ferai jamais de mal. Je te le promets.

— Je sais. Dors, maintenant. Tu en as besoin.

Oui, nous en avons besoin, car demain sera une journée pénible. On sera contraints de tout relater aux flics et ce sera encore une rude épreuve. Tout se remémorer, raconter dans les moindres détails ce que l'on a vu. Enfin bref… Je n'ai pas envie d'y penser pour l'instant. Non, là je suis trop bien dans les bras de mon amoureux. Je me sens enfin apaisée.

La porte de la chambre s'ouvre quelques instants plus tard, mais je ne relève pas la tête. Je garde mes paupières closes et fais semblant de dormir. Je sens la présence de l'infirmier près de moi, mais j'essaie de ne pas sourire. Je ne veux plus partir, maintenant.

Je l'entends rire puis fermer la porte. Il est gentil de me laisser ici. Je le remercierai demain.

Chapitre 20
Voilà c'est fini
Jean-Louis Aubert

Adrian

Elle dort comme une marmotte. Dans mes bras. Sa poitrine contre mon torse. Son souffle sur ma nuque. Ses cheveux éparpillés sur l'oreiller. Son odeur qui me donne du baume au cœur. Ses jambes enlacées aux miennes.

Ma beauté, mon ange ! Je t'aime tellement. Je suis bien là avec toi. Tu es un pansement qui soigne mes blessures, une obsession, une partie de ma chair. Tu es la femme de ma vie. Je t'aime et j'ai envie de te le dire en permanence. Tu as voulu me sauver et c'est grâce à toi si je suis en vie. Tu as tellement pris de risques pour moi et je ne sais pas comment te remercier pour ça. Des nuits torrides emplies de sexe et d'amour ? Des chocolats ? Des bijoux ? Des voyages ? Je te donnerai tout ce que tu veux. Je veux te combler jusqu'à ce que la mort nous sépare. Ce qui veut dire que je n'ai pas fini de t'emmerder. Je chiale. Voilà, tu me fais pleurer alors que je déteste ça. Tu m'as tellement changé. Que serais-je sans toi ? Je serais parti au paradis et je te surveillerais dans tes moindres faits et gestes. Oui, je ne ferais plus partie de ce monde. Ah ! Ma Zoé ! Putain, j'ai envie de crier que tu es merveilleuse. Je t'aime. Je crois que tes oreilles ne supporteront plus d'entendre ces mots. Mais je m'en fiche, car tu es ma petite femme et personne (j'ai bien dit personne), ne nous séparera. Tu es gravée en moi, comme un tatouage. Tu m'appartiens et je t'appartiens corps et âme. Je n'ai jamais aimé quelqu'un aussi fort. Mon enchanteresse.

Je caresse ta joue et mes lèvres s'invitent sur les tiennes alors que tu dors. Tu sembles sereine dans mes bras. Tu as le visage qui rayonne. Tu es belle. Un rayon de soleil qui égaye mes journées. Tu remues quand je quitte tes lèvres puis tu ouvres lentement les paupières. J'esquisse un large sourire. Tu m'émerveilles, même si ton affreuse blouse bleue me donne envie de l'arracher. J'aurais préféré te sentir nue contre moi. Mais ce soir, je sais que tu exauceras mon vœu. Chez nous. Personne ne viendra nous enquiquiner. Valens et sa fille sont loin de nous, maintenant. Voilà, c'est fini. Plus rien ne pourra venir nous perturber.

— Tu es déjà réveillé ? me demande-t-elle en plongeant une de ses mains dans ma chevelure.

— Ouais… J'écoutais le joli son de ton nez. Un peu bruyant, mais c'était charmant.

Elle retire sa main de mes cheveux puis la lève. Sur l'instant, je pense qu'elle va me frapper, mais elle la pose sur mon torse et me le caresse lentement. Ah ! Je tressaille !

— Je ne ronfle jamais.

— Si, tu ronfles.

— Non, je ne ronfle pas. C'est toi.

— Les princesses font caca comme tout le monde, mais elles ronflent aussi. Tu n'es pas épargnée, ma chère.

Elle rit dans mon cou puis relève la tête en scrutant profondément mes yeux.

— Tu as pleuré ?

— Non.

— Tu as les yeux rouges.

— Rendors-toi.

Elle lève les yeux au ciel.

— Pourquoi tu as pleuré ?

— Je n'ai pas pleuré.

— Menteur.

— Je ne mens jamais.

Elle pouffe de rire et ça en devient contagieux. Aïe ! Ma mâchoire ! C'est horrible, putain !

— Alors, dis-moi pourquoi tu as les yeux rouges.

Je capture ses lèvres pour qu'elle cesse de me poser des questions embarrassantes.

— Réponds, dit-elle dans notre baiser.

Elle recule la tête et fronce les sourcils. Tigresse ! Ma tigresse !

— Tu as bu.

— Pfff… tu en dis des bêtises. Déjà d'une, je ne bois pas et de deux, j'aurais dû mal à trouver de l'alcool ici.

Je vais la faire taire. Hors de question que je lui dise que j'ai pleuré, même si je sais qu'elle n'est pas dupe.

— Arrête de parler et embrasse-moi, lui ordonné-je en caressant sa joue.

— Non, je veux savoir encore quelque chose.

Je la scrute, sceptique.

— Quoi donc ?

— Est-ce que tu as mal ?

— Ça va. La douleur est gérable.

Je l'embrasse. Encore et encore. J'ai envie que mes lèvres restent scellées aux siennes encore un bon moment, mais cette saleté de douleur à la mâchoire commence sérieusement à me gonfler.

Lorsque je mets fin à notre baiser, j'aperçois une larme qui glisse sur sa joue. Je l'essuie rapidement du bout des doigts.

— C'est fini. Il ne nous arrivera plus rien. Tu m'as sauvé, ma chérie.

Je la serre contre moi et embrasse sa jolie chevelure rousse.

— Merci. Merci d'avoir été là. Je savais que tu me retrouverais. Je savais que je pouvais te faire confiance.

— J'ai eu si peur.

— Moi aussi. Mais tout va bien, maintenant.

Je n'aime pas la voir comme ça, mais je vais trouver les mots pour qu'elle me sourie.

— Tout. Va. Bien, murmuré-je en articulant chaque mot. Et je te le prouverai quand on rentrera. J'ai peut-être eu un choc à la tête, mais Popol est toujours en forme. Je prendrais soin de toi.

Ça la fait rire.

— Arrête de dire des bêtises. C'est moi qui prendrais soin de toi. Tu en as plus besoin que moi.

L'idée me plaît. Je la vois déjà en train de faire des petites danses sexy. Hum… ouais.

Quelqu'un frappe à la porte au moment où j'allais lui répondre une connerie. C'est une infirmière, en tenue blanche, les cheveux blonds relevés en queue-de-cheval.

Zoé sursaute lorsque la jeune femme se racle la gorge. Ses pommettes deviennent aussi rouges qu'un coquelicot.

— Bonjour, Mademoiselle, Monsieur. Comment allez-vous ?

Elle se rapproche de nous, le sourire aux lèvres.

— Bien, merci, dis-je en essayant de me redresser.

Putain ! J'ai mal aux côtes. C'est affreux. Je dois avoir quelques hématomes.

— Avez-vous bien dormi ?

— Impeccable. Merci.

Zoé se redresse et cale ses cheveux derrière ses oreilles.

— Je vais vous faire quelques soins avant que le docteur passe vous voir.

— Et je pourrai sortir après ?

Elle hausse les épaules.

— Je ne sais pas. C'est le docteur qui décidera.

Je souffle. C'est le docteur qui décidera… tu parles ! Je me sens bien alors hors de question que je reste une journée de plus dans cet endroit morbide. Tout ce que je veux, c'est me retrouver seul avec ma princesse. Je n'ai besoin que de sa présence.

— Je vais te laisser, Adrian. Je reviendrai tout à l'heure, me dit Zoé.

Je lui murmure un oui et avant qu'elle ne mette un pied à terre, je lui attrape le bras et l'embrasse d'un doux baiser.

Ma déesse ! Je t'aime et je te promets que plus personne ne viendra semer la zizanie sur notre chemin. Je te protégerai tout le temps. Je sais qu'on ne vit pas dans un monde de bisounours, mais on aura une vie comme dans un conte de fées. Enfin… presque. C'est ma promesse. J'y tiens.

Chapitre 21
Tout l'monde peut s'tromper
Patrick Bruel

Adrian

Zoé aurait pété un câble si elle était restée dans la chambre. Une jolie doctoresse à la poitrine plantureuse, au teint basané, m'a exploré de la tête au pied. Elle me souriait sans cesse et j'avais plutôt l'impression d'avoir affaire à une masseuse qu'à un membre du personnel soignant. Bon, elle m'a fait un peu mal, car elle a appuyé sur certains endroits sensibles dus au choc que j'ai reçu. De plus, je me suis retrouvé plusieurs fois la tête dans ses seins lorsqu'elle m'examinait le crâne. Je ne sais pas si elle le faisait exprès, mais je me sentais embarrassé, ce qui n'aurait pas été le cas un an plus tôt. Maintenant, je me contrefiche des autres femmes. J'ai cessé mes conneries depuis que j'ai rencontré Zoé et elle est la meilleure chose qu'il me soit arrivé dans ma vie. Sans elle, je serais toujours un connard et Vanessa aurait eu raison sur une chose : il aurait fallu que je fuie Paris afin de ne pas être harcelé par les nanas que j'aurais baisées. J'aurais eu un joli palmarès à mon actif, j'en suis certain. Mais c'est fini tout ça.

Je me retrouve donc avec un bel hématome à la mâchoire. J'en ai également deux autres au niveau des côtes et un petit sur la fesse droite. Dans l'ensemble, tout va bien. Ma tête me fait un peu mal, mais je suis soulagé par la prise de médicaments. Je devrais revoir la doctoresse d'ici quelques jours pour refaire un examen.

Je me suis fait interroger par les flics, à qui j'ai dû relater toute cette satanée histoire. Une dure épreuve, car j'avais toujours l'image de Léa morte sous mes yeux. Elle ne méritait pas un tel sort même si elle m'a fait souffrir. Elle est morte ! Putain ! Ça fait bizarre de devoir l'admettre, mais elle n'est plus des nôtres et j'avoue que c'est ça qui est le plus difficile à supporter.

Un psychologue m'a posé tout un tas de questions et il m'a laissé sa carte au cas où j'aurais besoin de son aide, mais personnellement, je ne suis pas du genre à me confier à un inconnu. Je sais que les jours à venir ne seront pas faciles, car même si j'essaie de me montrer fort, la peur reste toujours ancrée en moi. Mais je m'en sortirai avec ma Zoé. Elle sera là pour moi et moi pour elle. Son soutien sera ce qu'il y aura de plus précieux et ce sera suffisant pour me sentir serein. Je sais également que je pourrais compter sur mes amis et ma famille. Tout va bien se passer maintenant. Qu'est-ce qu'il pourrait m'arriver de pire ? L'affaire a été élucidée, même si je sais que c'est loin d'être fini, car je serai sûrement contraint de voir un juge et les policiers vont probablement ouvrir une enquête. Mais les ordures ne font plus partie de ce monde. Je ne suis plus en danger. Zoé non plus.

Je mets mes baskets puis me lève du fauteuil. Je vais aller rejoindre ma belle, même si la doctoresse m'a ordonné de rester dans ma chambre. Je me fiche de ce qu'elle m'a dit. Je vais lui désobéir, car ça fait plus de quatre heures que je n'ai pas vu Zoé et elle me manque déjà. Je suppose qu'elle a également été bombardée de questions et j'espère qu'elle a tenu le choc de devoir tout raconter. Il va falloir que je trouve quelques occupations pour qu'on puisse mettre toute cette histoire dans un coin de notre tête. S'évader, voyager, découvrir d'autres paysages. Ça nous fera sûrement le plus grand bien.

J'attrape mon cuir, qui est accroché au porte-manteau de la salle de bains, puis fouille dans une des poches afin de prendre mon téléphone. 24 messages non lus et 16 appels manqués. Mes proches ont dû s'inquiéter, mais je répondrai plus tard, car il ne me reste plus que 2 % de batterie. De toute façon, je suis persuadé qu'ils vont se pointer d'ici une heure ou deux. La doctoresse m'a dit que je pourrais sortir en fin de journée. Quel soulagement ! Je déteste les hôpitaux. Mais en réalité, qui aime passer son temps dans ces lieux aussi morbides ? Personne !

Il se met à vibrer au moment où j'allais le ranger. Un message de mon père. Il est encore vivant, lui ? Bon, OK, c'est mal de dire ça, mais il ne prend jamais de mes nouvelles. Depuis qu'il est parti en Suisse pour travailler dans les finances, je ne l'ai pas revu et il est très rare qu'il m'appelle.

Curieux, j'ouvre le message et le lis :

Papa :
Mardi 23 mars 11 : 08
J'espère que tu vas bien, mon fils. Ta mère m'a prévenu ce matin et j'ai l'estomac tout retourné. Donne-moi vite de tes nouvelles. Je viendrai bientôt te voir.

Il viendra bientôt me voir ? Pour le peu de messages que j'ai eus de lui, je peux dire que c'est faux, car il me sort à chaque fois ses blablas habituels « Tu me manques », « Je passerai un de ces quatre », « Donne-moi de tes nouvelles ».

Toujours le même scénario, mais il n'est jamais là. J'ai même plutôt l'impression de ne pas avoir de père. Même Zoé ne sait pas à quoi il ressemble. Elle ne me pose jamais de questions sur lui, car elle sait très bien ce que j'en pense.

Je lui réponds un « Merci, je vais bien » puis range mon téléphone avant de quitter la chambre.

Je repère Roxanne et sa sœur Émily dans le couloir. Elles se dirigent vers moi. Même de loin, je peux lire la peur sur leurs visages.

Je les détaille de la tête aux pieds. Roxanne a une joue vraiment amochée. Elle est d'une couleur violacée. Ses cheveux bruns partent dans tous les sens, ils ne sont pas coiffés et elle est vêtue d'une blouse bleue comme sa sœur. Ce que je remarque également, c'est que ses yeux sont rougis par les pleurs et elle semble être affaiblie. Heureusement qu'elle tient Émily par le bras, sinon elle serait déjà étalée à terre.

Je m'avance vers elles. Elles me font sérieusement de la peine. Les pauvres ! Elles n'auraient jamais dû subir tout ça non plus. Je connais une partie de leur histoire avec Valens, mais je suis certain qu'il les a fait énormément souffrir auparavant.

— Salut, dit Roxanne d'une voix presque éteinte.

— Salut.

Je ne sais pas quoi dire d'autre. Ce serait un peu con de ma part de leur demander si elles vont bien. Je connais déjà la réponse. De ce fait, je leur offre un demi-sourire en plongeant mes doigts dans ma chevelure.

Un silence s'installe, ce qui me rend encore plus mal à l'aise. Alors pour le briser, je décide d'engager la conversation quand même :

— Vous… Vous pouvez rentrer chez vous aujourd'hui ?

Roxanne hoche la tête.

— Oui, le médecin nous a autorisées à repartir ce soir. Et toi ?

— Pareil.

Je souris béatement.

— Eh bien… je vous souhaite une bonne continuation et j'espère que tout ira bien pour vous. N'hésitez pas à me donner de vos nouvelles. Vous savez où me trouver.

Je leur décoche un clin d'œil avant de poursuivre mon chemin. Elles me regardent partir, mais Roxanne m'interpelle :

— Adrian… Attends.

Je stoppe mes pas et me retourne. Elle semble peinée, car elle rive ses yeux sur ses pieds. Au bout d'une dizaine de secondes, elle relève la tête, les pupilles emplies de larmes.

— Je suis… je… Je suis désolée, bredouille-t-elle.

Pourquoi est-elle désolée ?

Je la regarde, dubitatif, et me dirige vers elle.

— Pourquoi ? Tu n'as pas à être désolée. Tu n'y es pour rien.

Elle soupire.

— Oui, je sais, mais ce n'est pas pour ça que je suis désolée. C'est parce que je t'ai accusé d'avoir fait du mal à ma sœur. Je suis confuse, mais cette photo m'a fait penser que c'était toi qui étais à l'origine de tout ça.

Elle pleure en cachant ses yeux avec ses mains, ce qui m'amène à la consoler en la serrant dans mes bras.

— Tu ne pouvais pas savoir, lui chuchoté-je. Je ne t'en veux pas. Je crois que n'importe qui aurait réagi comme toi. Et…

Je lui relève le menton pour capter son regard.

— Tu es une bonne personne, Roxanne. Émily a une sœur remarquable sur laquelle elle peut compter et c'est ce qu'il y a de plus important dans la vie.

— Merci, Adrian. Ta copine a de la chance de t'avoir. Tu es aussi une bonne personne. Et…

Elle renifle et essuie ses larmes.

— Je n'aurais jamais pensé que Monsieur Valens puisse en arriver là. Il était si gentil auparavant.

J'ai bien envie de rire. Gentil…

— Eh bien, cet homme cachait bien son jeu. Comme quoi, il ne faut jamais juger les gens selon les apparences.

Ne pas juger les gens selon leur apparence, c'est ce que j'ai prouvé à ma tigresse. Si je n'avais pas insisté pour qu'elle apprenne à me connaître, elle me considérerait toujours comme un connard. OK, oui, j'en étais un à une période, mais je savais qu'il me fallait quelqu'un comme elle pour changer la donne.

— C'est quand même une histoire abracadabrante. Nous le faire payer parce que selon lui on a détruit la vie de son fils et sa femme… J'ai l'impression que tout est ma faute.

Elle éclate en sanglots.

— Je suis vraiment désolée, Adrian. Tu n'aurais pas dû être mêlé à tout ça. Je m'en veux terriblement. Tu n'as rien à voir là-dedans. C'est moi la fautive. C'est moi qui l'ai trompé. C'est moi qui ai tout détruit.

Je pose une main chaleureuse sur son épaule et lui réponds d'une voix très calme :

— Ce n'est la faute de personne et tu n'as rien détruit du tout. Arrête de penser ça. Tu n'y es pour rien. Il fallait bien qu'ils trouvent un méchant. Et pour eux, c'était nous.

— Andy a toujours été quelqu'un de fort sensible, lâche-t-elle dans un sanglot. Je savais qu'il ferait une bêtise un jour ou l'autre, mais jamais je n'aurais imaginé qu'il se serait donné la mort. Pas à cause de moi.

— Adrian a raison, dit Émily. Ce n'est la faute de personne. C'est eux qui ont choisi de faire le mal autour d'eux et de punir des innocents. Je crois qu'ils n'avaient plus toute leur tête.

Ce n'est rien de le dire.

— Oui, ils n'avaient plus toute leur tête, répété-je en retirant ma main de son épaule. Ne t'en veux pas.

Émily l'étreint et lui caresse le dos.

— Ils ne viendront plus t'embêter, ma petite sœur. C'est fini. Je te protégerai.

Roxanne hoche la tête et l'embrasse sur la joue.

— Merci. Je t'aime. Heureusement que tu es là.

Malgré tout ce drame, un sourire vient étirer mes lèvres. C'est beau l'amour entre deux sœurs. La mienne me manque tout d'un coup. J'ai besoin de la voir, mais je sais qu'elle ne tardera pas à venir.

Il est temps de les laisser, maintenant. Je reprendrais des nouvelles de ces deux filles dans peu de temps. Roxanne a toujours été une femme très gentille, sensible, mais également rigolote et à l'écoute. Enfin, c'est ce que je retiens d'elle lorsque nous étions ensemble au lycée. Elle mérite d'avoir une belle vie et je suis persuadé qu'un jour, elle m'annoncera qu'elle va fonder une petite famille. La roue tourne toujours du bon côté et les gentils reçoivent la meilleure des récompenses. Dieu lui donnera. Elle n'oubliera pas cette mésaventure, mais elle vivra heureuse. J'en suis certain. Émily aussi.

Je les salue de la main avant de retourner sur mes pas. Arrivé devant la chambre de Zoé, je frappe puis entre sans qu'on m'y autorise. Je ne la repère pas. Où peut-elle bien être ? Je ne sais pas comment vont se passer les jours qui suivent, mais je pense que je ne vais pas la lâcher d'une semelle et là, ça m'agace de voir qu'elle n'est pas ici.

J'émets un long soupir puis ouvre la porte de la salle de bains. Me voilà rassuré. Elle est assise sur les toilettes, mais elle me regarde comme si elle allait se jeter sur moi pour m'étrangler.

Elle hurle :

— Oh non, Adrian ! Sors tout de suite ! C'est gênant !

Je pouffe de rire, ce qui me donne le droit de grimacer à cause de ma blessure. Et bien évidemment, ça la fait enrager puisqu'elle balance le rouleau de papier toilette dans ma direction. Il atterrit à mes pieds.

— Je n'ai pas besoin de toi pour m'essuyer les fesses. Sors !

Je me penche pour ramasser le rouleau puis je m'en approche tout en jouant des sourcils.

— Je te l'avais dit que je te suivrais partout, même jusqu'aux toilettes.

Elle grogne.

— Un petit coup de main ? lui demandé-je en arrachant un morceau de papier.

Elle me donne une petite claque sur la jambe.

— Je n'ai pas besoin de ton aide. C'est embarrassant. Tu ne pouvais pas toquer ?

— On ne frappe pas un blessé, sauvageonne. Et non, je te cherchais. Je commençais à m'inquiéter.

Elle lève les yeux au plafond.

— Bon, laisse-moi un peu d'intimité, maintenant. Je n'ai pas fini.

— Je peux attendre. J'ai envie de voir si tu es belle quand tu pousses.

— Prends-moi en photo aussi, tant que tu y es.

Son visage s'enflamme et juste pour ça, un sourire fébrile s'échappe de mes lèvres. Quel casse-pieds je suis, quand même ! Mais elle adore ça.

— Bonne idée. Ça fera un excellent souvenir.

Je lui rends le rouleau de papier toilette en rigolant. Aïe ! Putain de douleur à la mâchoire. Ça me gonfle, bordel !

— N'importe quoi ! Allez… sors !

Elle me l'arrache des mains et me montre la porte du doigt. Tout ça en plantant ses dents dans ses lèvres afin de dissimuler son sourire. Je sais ce qu'elle pense de moi. Elle doit se dire que je suis le mec le plus chiant sur terre, mais au fond d'elle, elle sait qu'elle ne saurait pas se passer de moi, car je suis le seul à la faire rire en permanence.

Je quitte la salle de bains et tombe nez à nez avec une soignante, vêtue d'une tenue blanche.

— Bonjour, Monsieur. Comment allez-vous ?

— Bien. Merci.

— Mademoiselle Simon est à la salle de bains ?

— Euh… oui.

Je m'assieds sur le fauteuil vert tout en mettant une jambe en équerre sur l'autre tandis qu'elle extrait un thermomètre de la poche de son pantalon.

— D'accord. Je vais l'attendre. Je vais vérifier sa température puis prendre sa tension et si tout va bien, elle pourra sortir en fin d'après-midi.

Je hoche la tête.

— Elle ne devrait plus en avoir pour longtemps. Quand je suis sorti, elle était en train de pousser.

Les yeux de l'infirmière deviennent aussi ronds que des soucoupes, me considérant sûrement comme un fou. Mais finalement, elle éclate de rire.

— Monsieur a de l'humour, à ce que je vois.

— Oui, mais ce n'est pas marrant, lâche Zoé, furieuse et aussi rouge qu'une fraise juteuse prête à dévorer.

Je raffolerais de la déguster, mais on verra plus tard. Quand tout ira mieux pour nous. OK, c'est vrai que je ne peux m'empêcher de lui sauter dessus, mais je sais avoir un peu de tenue. Et personnellement, j'ai juste besoin de ses bras, même si j'adore la taquiner en permanence. Vivement ce soir. Je veux faire le vide dans ma tête et éloigner toutes les images de la scène sanglante que Valens et Vanessa m'ont mises devant les yeux. Ça va être dur de les chasser, mais j'y arriverais.

Chapitre 22
The end
« La fin »
The Doors

Zoé

Je n'ai pas l'impression d'être dans une chambre d'hôpital, mais plutôt dans une mini salle pour un événement tellement il y a de monde. Il y a Seb, qui enlace ma sœur, Guillaume et Chloé, qui crient parfois après leurs deux petites filles, qui sont limites infernales sur les bords, Juliette, en tenue de flic, et sa mère, qui pleure de temps en temps, puis mon ancien patron, Julien. Il m'a apporté un énorme bouquet de roses rouges. Qu'il est gentil. Mais je ne me sens pas bien. J'étouffe, il fait trop chaud et j'ai besoin d'un ventilateur sinon je vais faire un malaise. Je sais que c'est la fatigue qui me provoque ça et même si ça me fait plaisir de voir mes amis et ma famille, je n'ai qu'une hâte : rentrer chez moi.

Je m'allonge sur le lit et ferme les paupières.

— Tout va bien, ma puce ? me demande Adrian en posant une main sur mon bras.

Je rouvre les yeux et hoche la tête.

— J'ai chaud et je suis fatiguée.

— Ouvre un peu la fenêtre, dit-il à Seb.

Seb acquiesce tandis que ma sœur s'approche de moi.

— On va vous laisser vous reposer. On viendra vous voir demain et on sera là pour votre déménagement.

Elle m'embrasse le front puis me sourit. Elle est aussi blanche que les murs de cette chambre.

— Tu devrais consulter un médecin, Alicia. Tu ne sembles pas en forme.

— Ne t'inquiète pas, ça va aller. Une bonne nuit de sommeil et je serais retapée.

— Prends soin de toi et… je suis désolée que tu n'aies pas pu faire ton spectacle, je…

Elle me coupe :

— Ce n'est rien. Ce n'était pas le plus important et j'en ferai d'autres.

Elle pose ses lèvres une seconde fois sur mon front avant de rejoindre Seb. Celui-ci donne une accolade à Adrian et lui dit :

— Salut p'tit con. Faites attention à vous et ne nous refaites plus une peur bleue comme ça.

— Pas de danger, rétorque Adrian. C'est fini. On va essayer de mettre tout ça derrière nous et on viendra plus souvent vous emmerder pour ne pas trop y penser.

Seb rigole, faisant ressortir sa belle dentition blanche.

— Vous êtes les bienvenus. Et… comme on le dit, plus on est de fous, plus on rit.

Il lui adresse un clin d'œil avant de nous faire signe. Adrian accourt vers eux puis interpelle Seb. C'est au moment où ils quittent tous la chambre que mes parents font apparition. Ils discutent un petit instant avec eux avant de venir vers moi.

— Oh ! Ma chérie ! On a eu si peur, s'exclame ma mère.

J'appuie mes mains sur le matelas afin de me redresser.

— Je suis tellement heureuse de te voir.

Elle me serre dans ses bras, si fort que j'en ai du mal à respirer. Je suis obligée de lui tapoter le bras afin qu'elle se dégage.

— Pardon, fait-elle. Si tu savais comme j'ai stressé le long de la route. Les minutes me semblaient des heures.

Elle se met à pleurer et bien évidemment, je fais de même.

— Je suis là, maman. Je suis toujours en vie.

— Je n'aurais pas supporté de te perdre, ma fille.

Ma maman ! Certes elle n'est pas ma maman biologique, mais pour moi c'est ma maman. Bienveillante et à l'écoute. Ma maman qui m'a élevée, qui m'a aimée de tout son cœur, qui m'a enseigné les choses de la vie, qui m'a donné tout son amour. Une des personnes les plus chères de ma vie.

— Bon… Vous n'allez pas inonder la pièce, non plus ? nous taquine soudainement mon père.

Ma mère se redresse et secoue sa main devant son visage pour se faire du vent.

— Oh, mais arrête de dire des bêtises, chéri. J'ai passé plus de douze heures dans la voiture à stresser. J'ai besoin de tout évacuer.

— Je sais.

Il lui tapote l'épaule et lui offre un sourire chaleureux avant de l'embrasser sur la joue.

— Allez… laisse-moi faire un bisou à ma fille.

Ma mère se décale et sort un paquet de mouchoirs de sa magnifique veste rose pâle qui a dû lui coûter un bras, puis se mouche en faisant un énorme bruit de trompette, ce qui me fait sourire.

— Mon petit bébé… dis-moi, comment vas-tu ?

Mon père penche sa tête vers la mienne et m'embrasse le haut du crâne.

— Bien, papa. Un peu fatiguée, mais ça va. Vous restez combien de temps ici ?

— Tout le temps qu'il faudra.

— Oui, tu peux compter sur nous, ajoute ma mère en reniflant.

Adrian s'approche de nous. Il s'assied sur le bord du lit et passe un bras derrière mes épaules. Il m'offre un sourire, mais grimace en mettant sa main à sa joue, ce qui m'amène à la caresser. Son hématome est énorme et j'ai bien l'impression qu'il a grossi depuis ce matin.

Je ferme les paupières et relâche toute la pression qui est ancrée en moi. Peu importe s'il y a du monde dans la chambre, j'ai besoin de repos. Toute cette épreuve m'a rudement épuisée. Est-ce vraiment la fin du cauchemar ? Est-ce qu'on va enfin être tranquilles ?

Pendant quelques minutes, je les entends tous parler, mais je ne cherche pas à comprendre ce qu'ils disent. Je me laisse emporter dans le pays des songes.

***

— Mademoiselle…

Je cligne des paupières et aperçois la tête d'une femme devant mon visage. De près, je remarque qu'elle a de nombreuses taches de rousseur sur le nez. Elle a les yeux verts et des lèvres d'un rose pâle. Qui est-ce ?

— Tout va bien ?

— Euh…

Où est Adrian ? La panique me prend. Il n'y a plus personne dans la chambre.

— Adrian ! hurlé-je en me redressant d'un coup sec, le cœur battant à toute allure dans ma poitrine.

— Je suis là, ma puce. Tout va bien.

Il est là. Devant moi. Inquiet. Il fronce les sourcils tout en me caressant le visage puis ses lèvres s'invitent sur les miennes. Elles sont toutes douces et chaudes. J'aime. Ça m'apaise.

— Je suis resté près de toi pendant que tu dormais, chuchote-t-il contre ma bouche.

Une larme glisse sur ma joue et il la récupère aussitôt avec son index.

— J'ai peur, sangloté-je.

J'ai froid tout d'un coup. Je grelote comme s'il faisait -20 degrés dans la pièce.

Adrian me prend le visage en coupe et me regarde droit dans les yeux. Ses beaux yeux bleus qui me font planer.

— N'aie pas peur. Il ne t'arrivera rien. Ils ne sont plus là. OK ?

Je hoche la tête, la vision brouillée par des larmes brûlantes.

— Je ne te laisserai jamais tomber. Je t'aime.

Comment peut-il être aussi fort ? Je suis tellement différente de lui sur ce point-là. J'ai rêvé de Valens. Mon Dieu ! C'était horrible. Je dormais tranquillement quand soudain il est arrivé nu avec une arme dans ses mains. Il s'est approché de moi tel un félin et a grimpé sur le lit puis il m'a violée. Je ne pouvais rien faire. C'était soit ça, soit il me butait. Oh ! Mais quelle horreur ! J'ai l'impression d'avoir été salie.

J'inspecte mes bras puis je repousse le drap jusqu'à mes jambes. Je n'ai rien. Non, il ne m'a rien fait. Il n'est plus là. Il est mort. Mort, mort, mort ! C'est fini. Oui, c'est fini.

— Mademoiselle, calmez-vous, dit l'infirmière. Vous êtes encore sous le choc, mais Monsieur a raison. Les méchants ne sont plus là et vous êtes en sécurité ici.

Elle chope mon bras droit et l'encercle d'un brassard bleu.

— Détendez-vous. Je vais prendre votre tension.

Me détendre ? C'est impossible. J'ai l'impression de voir Valens partout. Je vois son visage devant mes yeux, sur les murs, au sol, sur le plafond et même quand je ferme les paupières. Je n'arrive pas à débarrasser de cet être humain ignoble ma mémoire. Il me répugne. Il m'effraie. Il me donne envie de vomir. Sa fille Vanessa encombre également mes pensées. Et zut ! ! Un haut-le-cœur m'envahit.

— Ne bouge pas, s'exclame Adrian en prenant un haricot en carton posé sur la table de chevet.

Il me le présente devant ma bouche et voilà que je mets à vomir. Il n'y a pourtant pas grand-chose dans mon estomac, mais tout ce que j'ai avalé y passe. Ma purée et mon yaourt. Mon corps se vide. J'en pleure, c'est douloureux.

— Votre tension n'est pas bonne. Je crains que vous ne puissiez pas repartir chez vous aujourd'hui.

Un tiraillement dans ma poitrine se manifeste.

— Oh non ! m'exclamé-je en relevant la tête. Je vous assure que je vais bien.

Quel mensonge ! Et bien sûr, elle ne me croit pas puisqu'elle me regarde en fronçant les sourcils. Je ne veux plus rester ici. Je pense que cet endroit n'arrange rien à la situation non plus. Je ne me sens pas à l'aise. Mon cœur s'apaisera quand je retournerai à la maison et je veux voir mon bébé Stitch. Oh ! Stitch ! Il est tout seul, le pauvre.

— Je vais mieux. Il fallait que ça sorte. Je vous en prie, laissez-moi partir.

Elle me regarde, toute peinée, ce qui me fait comprendre que c'est un non.

— Je suis désolée, mais le médecin va sûrement vouloir vous garder pour la nuit et si tout va bien, vous pourrez sortir demain. Essayez de vous détendre. Reposez-vous le plus possible.

Elle me caresse la main en arborant un demi-sourire puis elle quitte la chambre. Non, non, non et non ! J'ai l'impression d'être en prison. C'est tellement glauque, ici.

— L'infirmière a raison. Je vais rester près de toi et on sortira demain matin.

— Mais Stitch ?

— Seb et Alicia iront le nourrir. Je leur avais demandé de passer à l'appart pour prendre nos chargeurs de téléphone comme on n'a plus de batterie.

— Et ils sont revenus ?

— Oui… quand tu dormais.

— Mais j'ai dormi si longtemps que ça ?

Il sourit.

— Un peu plus de deux heures.

Je forme un « O » avec ma bouche, surprise.

— Allez… ce n'est rien. On va faire dodo à deux.

Il enlève ses baskets avant de s'allonger près de moi. Il m'enveloppe dans ses bras et colle sa bouche sur ma joue en la laissant appuyer un long moment. Mon pouls devient moins erratique, même si les larmes continuent de baigner mon visage. Mais on va s'en sortir, n'est-ce pas ? Oui, car l'amour qu'on possède l'un pour l'autre chassera toute cette mélancolie et cette angoisse. Adrian est l'homme de ma vie. On va vivre heureux, parce que nous, on est gentils.

Chapitre 23
Pump it
The Black Eyes Peas

Adrian

On sort enfin ! Putain ! Deux jours enfermés dans ce truc lugubre et qui me donne la gerbe. Je suis comme Zoé : je hais les hôpitaux ! Je n'aurais jamais pu être un soignant. Non, car je suis du genre à tomber dans les vapes quand je vois du sang. Les machines qui bipent sans cesse m'horripilent. Le seul point positif que j'ai découvert ici, c'est le personnel très aimable. Mais il est temps de partir, maintenant. Ma chérie va mieux, même si elle a encore le teint blanc. Toutefois elle est sortable et moi aussi.

Nous avons revu un psychologue dans la journée. Zoé s'est un peu confiée sur ses craintes et ses peurs. Peur que quelqu'un l'agresse, peur qu'on vienne me tuer, peur que la mort m'emporte. Je pense que ça lui a fait du bien de lui avouer tout ça. Moi, de mon côté, j'essaie de me montrer fort et ne pas lui manifester mes faiblesses. Car oui, j'en ai comme tout le monde et le décès de Léa m'affecte toujours. Je vais mettre un bon bout de temps pour chasser les images de sa mort dans un coin de ma tête. Je tente constamment de les expulser, mais elles reviennent régulièrement me hanter. Cette scène était horrible et je m'en veux de ne pas avoir pu intervenir. Cependant, je n'aurais pas réussi à la sortir des griffes de Vanessa et Valens. Ils m'auraient buté sur-le-champ et je ne serais pas là actuellement. Je dois m'estimer chanceux dans toute cette épreuve d'être encore vivant et d'avoir retrouvé ma tigresse. Cela dit, je ne veux plus y penser ni en parler pour l'instant. Je dois montrer quelque chose à Zoé. Et pour ça, il faut qu'on se tire d'ici au plus vite.

Je l'observe mettre sa veste noire puis je passe mon bras derrière sa taille pour la maintenir contre moi.

— C'est bon, on peut y aller, mon petit cœur ? lui demandé-je d'une voix suave.

Je papillonne des cils, ce qui la fait rire.

— Mon petit cœur ?

— Bah ouais. Tu n'aimes pas ?

Elle se met sur la pointe des pieds et m'embrasse sur le bout du nez.

— Si, c'est mignon. J'aime beaucoup. Je préfère ça que bébé.

— Pourquoi n'aimes-tu pas que je t'appelle bébé ? C'est un surnom comme les autres.

Elle fait non de la tête.

— Je n'aime pas, c'est tout. Allez… on y va.

Il y a un truc. Sa voix était un peu bizarre, limite mélancolique.

— Quel est le problème avec ce surnom ? Dis-moi. Je ressens quelque chose.

Elle baisse les yeux. Merde ! Non ! Elle ne va pas se remettre à pleurer, quand même ?

Je l'étreins, lui relève le menton puis la sonde du regard. J'attends, mais elle pince les lèvres, ce qui me fait comprendre qu'il va falloir que je trouve une tactique pour qu'elle m'avoue ce qui la chagrine avec ce surnom.

— Dis. Moi. Tout, dis-je en articulant chaque mot comme un robot.

J'aperçois un minuscule sourire.

Je poursuis, toujours en parlant en détaché :

— Si. Tu. Ne. Me. Le. Dis. Pas. Tu. Devras. Dire. Adieu. À. Ta. Surprise.

Un froncement de sourcils apparaît sur son visage.

— Une surprise ? Quelle surprise ?

— Je. Ne. Te. Le. Dirai. Pas.

Elle soupire puis avoue :

— C'était Matt qui m'appelait comme ça.

— Matt ?

— Oui… le mec avec qui je suis sortie. Celui qui trompait sa femme avec moi. Un gros connard…

— Oh…

Oui, c'est vrai, elle m'avait raconté cette histoire à nos débuts.

— Tu aurais dû me le dire. Je ne t'aurais jamais appelée comme ça.

— Oui, je sais. Mais j'ai toujours préféré mettre cette partie de ma vie dans un coin de ma tête. Ce n'était pas une bonne période.

— Oh, chérie…

Je la serre fortement contre moi, enfouis mon visage dans son cou puis je lui dépose un petit baiser sur sa peau douce avant de replonger mes yeux dans les siens, si beaux. Qu'elle est magnifique, ma princesse.

— Je ne recommencerai plus. C'est promis.

— Merci. Désolée, j'aurais dû t'en parler avant. C'est pour cette raison que je rugissais comme une tigresse à chaque fois que tu m'appelais de cette façon.

— Je trouverais un autre moyen pour que tu rugisses encore. Tu sais que j'adore ça.

— Oui, je sais.

On sourit en même temps.

— Et… maintenant, j'ai le droit à ma surprise ?

— Dans une demi-heure. Sois patiente.

— Donne-moi un indice.

Je regarde le plafond en fermant les paupières puis je lui annonce un « non » ferme.

— T'es pas gentil.

— Tu ne diras plus ça dans quelques minutes. Allez… on se barre.

Elle lâche un petit soupir, mais finalement, elle acquiesce sans m'interroger davantage. Elle entremêle ses doigts dans les miens et me sourit. Un sourire que j'aime énormément. Celui qui lui fait un beau visage d'ange.

C'est parti. Qu'on s'en aille. J'adore lui faire des surprises et je suis pressé de lui montrer ce que j'ai réservé pour sa soirée. Je n'espère qu'une seule chose : que tout soit en place. Mais je sais que ça va être parfait. Mes potes sont mes meilleurs alliés.

***

Je m'attendais à ce qu'elle me pose plein de questions, mais elle s'est endormie. Ce qui m'arrange, car lorsque je vais la réveiller, ses pupilles brilleront de mille feux. Parce que oui, elle a besoin de ça. Moi aussi, j'en ai besoin et je sais que je peux toujours compter sur mes amis pour qu'ils m'aident. Hier, j'ai demandé à Seb (dans le dos de Zoé) de faire quelque chose pour moi. Je pense qu'il a eu le temps de tout préparer, enfin je suppose que l'essentiel est mis en place, puisque nous sommes restés une journée de plus à l'hôpital.

Je me gare près du trottoir, puis coupe le moteur. Une petite pluie a fait son apparition, ce qui rend le paysage monotone et gris. Je me détache et me penche vers Zoé tout en lui tapotant délicatement l'épaule.

— On est arrivés, ma puce.

Je l'embrasse sur la tempe et appuie sur l'adaptateur de sa ceinture. Elle émerge en clignant des paupières puis me demande d'une voix un peu éraillée :

— J'ai dormi tout le long du trajet ?

— Ouais. Une bonne demi-heure.

Elle fronce les sourcils.

— Une demi-heure ? répète-t-elle, intriguée. Tu as fait un détour ?

Elle regarde par-dessus mon épaule puis plaque sa main devant sa bouche en émettant un petit son de surprise.

— Mais… On n'est pas à l'appart.

— Non… on est chez nous.

— Oh… mais pourquoi ?

— Parce que c'est là qu'on habite maintenant.

Je lui dépose un baiser chaud sur sa joue.

— Mais… mais…

Elle me fixe d'un air incompréhensif, ce qui me fait sourire.

— Quoi « mais, mais » ?

— Mais on ne peut pas dormir ici. On n'a pas encore amené tous nos cartons.

— Nous non, mais certains se sont chargés de le faire.

— Comment ça ? Qui ? Et pourquoi ?

— Eh bien… c'est ça ma surprise. Allons-y.

Sa bouche s'entrouvre puis elle la referme. Elle ne sait pas quoi dire. Non, elle est émue. Le rose envahit ses pommettes. Ma surprise la rend joyeuse et c'est cette humeur que je veux voir sur son visage durant toute la soirée. J'ai demandé à Seb et à Guillaume de prendre les cartons restants pour les amener ici, sans oublier le matelas pour qu'on puisse passer notre première nuit dans notre nouveau chez nous. Monter les meubles, ranger ce qu'il y a dans les cartons me permettra d'éclaircir un peu mon cerveau, car actuellement il est trop sombre.

Je sors précipitamment de ma caisse, la contourne en baissant la tête vers le sol puis ouvre la portière du côté passager.

— Bienvenue chez vous, charmante demoiselle.

Je lui prends la main comme un gentleman puis ferme la porte derrière elle avant de nous diriger vers la maison. Il pleut de plus en plus fort, ce qui nous amène à courir.

Je la lâche quand nous arrivons au seuil de la porte et la fais entrer en premier. Ses prunelles scintillent déjà.

Elle sursaute lorsque Seb et Guillaume se pointent devant nous, les bras grands ouverts.

— Surprise, s'exclament-ils en chœur.

Seb la serre contre lui, l'embrasse sur le front puis fait la même chose avec moi. S'en suit Guillaume qui me tapote fortement l'omoplate, ce qui me fait grimacer.

— Oh, merde ! Désolé, p'tit con. Je n'ai plus pensé que tu… enfin…

Il se passe la main dans ses cheveux, embarrassé.

— T'inquiète. Ce n'est rien.

Je lui décoche un clin d'œil puis reprends la main de Zoé tout en avançant vers la pièce principale, c'est-à-dire dans le salon. C'est encombré de cartons, mais je suis surpris de voir que le canapé est déjà ici et que les meubles sont déjà montés. Il s'agit du mobilier que j'avais stocké chez ma sœur lorsque Léa m'a quitté. Une petite table ronde et un buffet de couleur beige qui occupe tout un pan de mur. Ça me fait un peu bizarre de les revoir, mais ça va nous dépanner jusqu'à ce qu'on ait assez d'argent pour en acheter des neufs.

Chloé, la femme de Guillaume, et Alicia nous font le même scénario que leurs conjoints.

— Bienvenue chez vous ! s'enthousiasme Alicia.

Elle a une meilleure mine qu'hier, ce qui me fait comprendre qu'elle ne doit plus être malade.

— Je suis…

Je ne trouve pas les mots pour exprimer ma joie. Je n'en demandais pas tant.

— Merci, je parviens à dire. Vous êtes géniaux.

— Et encore, tu n'as pas tout vu, intervient Seb en passant un bras autour de mon cou.

Je le regarde, dubitatif.

— Je n'ai pas tout vu ? Pourquoi ? Tu m'as préparé une chambre de rêve ?

— Bien évidemment.

Il arbore un large sourire puis me fait comprendre d'un hochement de tête de le suivre. Il ne rigole pas, il a l'air sérieux. Bon sang, ils m'ont vraiment préparé une chambre de rêve ?

Nous le suivons jusqu'à l'endroit en question et je me rends compte qu'il ne me mentait pas. Zoé s'exclame d'un « Waouh », tandis que moi je lâche un « Oh ! Bordel ! ». Nous n'avons plus qu'à nous faufiler sur le lit qui est déjà monté, garni d'une housse de couette neuve de couleur bleu nuit. Stitch roupille dessus. Ils ont pensé à prendre le chat ! C'est mignon ! La garde-robe et le miroir sur pied de Zoé sont aussi installés. Le parquet est recouvert de plusieurs tapis ronds de couleur beige et il y a même un rideau bleu qui recouvre toute la fenêtre. Il manque juste un coup de peinture sur les murs blancs et tout sera parfait. Mais à mes yeux, tout est déjà fabuleux. Mes amis sont les plus merveilleux sur terre. Les meilleurs.

— Putain ! Je n'y crois pas, m'exclamé-je en m'aventurant dans la pièce sans lâcher la main de Zoé. Vous êtes géniaux.

— C'est chouette, hein ? demande Seb en sautant dans le lit, ce qui fait fuir Stitch.

Alicia le rejoint et s'allonge carrément sur mon pote en ricanant. Elle l'embrasse à pleine bouche.

— Eh… ça suffit. Vous n'allez pas faire un gosse sous nos yeux, quand même ? les nargué-je.

Alicia roule sur le matelas, les joues rouge écarlate, puis cale ses cheveux blonds derrière ses oreilles.

— N'abuse pas, ce n'est pas notre genre de faire ça.

Elle se lève du lit et abaisse sa robe noire qui dévoilait pratiquement sa culotte.

— On va vous laisser. Maman et papa ont dit qu'ils viendraient vous voir demain et ils vous donneront un coup de main pour déballer les cartons.

Elle saute au cou de Zoé, ce qui me fait lâcher prise.

— Je viendrai aussi demain, petite sœur. Repose-toi bien.

Zoé se fend d'un sourire et l'embrasse sur le front.

— Merci. Vous êtes gentils. À demain.

— Et… vous avez de quoi manger, dit Chloé en quittant la pièce.

Guillaume lui emboîte le pas puis je les suis, curieux, en prenant un air interrogateur. Ils sont dans la cuisine.

Il y a encore beaucoup de cartons qui traînent dans les coins, mais la table est installée. Une table rectangulaire en bois laqué de couleur blanche où trône au milieu un vase empli de coquillages. Elle est accompagnée de quatre chaises noires au design épuré et contemporain. Je ne sais pas d'où ça sort. Ce ne sont pas mes meubles.

— C'est à qui, ça ? demandé-je en tapotant la chaise.

Guillaume prend un gant de cuisine, l'enfile et ouvre la porte du four.

— C'est un cadeau de la part des parents de Zoé.

— Oh…

Je suis stupéfait.

— Et tu nous as vraiment fait à manger ?

Il sourit de toutes ses dents tout en sortant un plat puis il le pose sur le meuble de l'évier.

— Ouais… Vous n'avez plus qu'à mettre les pieds sous la table. J'espère que vous allez vous régaler avec mes crêpes. Je les ai faites avec amour.

Je vais finir par les embaucher.

Chloé installe deux verres et une bouteille d'eau sur la table. J'ai l'impression d'être dans un resto.

— Eh bien merci. Je vous revaudrai ça un de ces quatre.

Il retire le gant et vient vers moi.

— Pas la peine de me remercier. C'est fait avec bon cœur.

Il me fait un clin d'œil.

— Bonne soirée, mec. Demain je ne pourrai pas venir, mais Chloé sera là pour vous donner un petit coup de main.

Je hoche la tête et les remercie encore.

Pendant un court moment, nous discutons dans le couloir sans évoquer les malheurs qui nous sont tombés sur la tête. Lorsqu'ils quittent la maison, je ferme la porte à clef et emmène ma dulcinée dans la cuisine.

Je pose mes mains sur ses hanches, la serre contre moi et penche ma tête pour l'embrasser. J'y vais doucement, car j'ai encore mal à la mâchoire.

— Tu es heureuse ? lui susurré-je contre ses lèvres.

— Trop heureuse. Merci… merci pour tout.

Je décale ma tête de la sienne, passe mes doigts dans ses cheveux, qu'elle a laissés longs, et les coince derrière ses oreilles pour mieux contempler son visage merveilleux.

— Je n'ai rien fait, moi. Ils sont sympas, quand même. J'espère que tu as faim.

— Pas trop, je…

Je la coupe en tirant une chaise :

— Il faut que tu manges. Tu dois reprendre des couleurs et Guillaume se fâcherait si tu ne touchais pas à son plat qu'il a confectionné avec amour.

Elle rit en secouant la tête.

— Avec amour ? Qu'est-ce qu'il ne faut pas entendre.

— Bah… c'est lui-même qu'il l'a dit. Allez… assieds-toi.

Elle opine du chef tout en prenant place sur la chaise puis se sert un verre d'eau tandis que je dresse deux assiettes. J'en pose une devant elle et une autre à côté. Il manque quelque chose. Je trouve que c'est trop silencieux à mon goût. On a toujours l'habitude de mettre un fond sonore. De ce fait, je me précipite pour aller dans le salon et j'allume la télé. Je zappe jusqu'à ce que je tombe sur une chaîne musicale. Un sourire vient étirer mes lèvres immédiatement lorsque la chanson « *Pump it* » envahit la pièce. Notre chanson. Notre « *slow-pop* ». Putain ! Ça me donne une idée.

— Chérie, viens voir, crié-je en jetant la télécommande sur le canapé.

Elle apparaît devant moi en fronçant les sourcils, une fourchette dans une main.

— Qu'est-ce qui se passe ?

Je m'en approche dans une démarche calme et l'attire contre moi. Mes bras s'enroulent derrière son dos.

— J'ai envie de me remémorer notre *slow-pop*.

— T'es fou.

— De toi.

Le rouge envahit ses joues.

— Lâche cette fourchette et danse contre moi.

Elle l'abandonne dans le canapé et, tout en esquissant son plus beau sourire, elle accroche ses petits bras à mon cou. Je fais un pas sur le côté, le cœur gonflé d'amour et de joie, tandis que mes mains remontent et la caressent délicatement contre le tissu de sa robe noire. Nous dansons en faisant du surplace (il y a tellement de cartons qu'on ne peut pratiquement pas bouger), les yeux dans les yeux, dans notre bulle étoilée. Stitch nous rejoint. Il se frotte contre les jambes de ma belle, ce qui la fait rire. J'aime me dandiner comme ça contre elle. J'aime sentir sa chaleur qui me transporte. J'aime lorsque ses pupilles sont emplies de beaux sentiments. J'aime quand ma peau frémit juste parce qu'on est dans les bras l'un de l'autre. J'aime quand on oublie tout le reste. C'est ça que je veux chaque jour. Sa présence, et qu'on soit heureux. Qu'on ne pense qu'à nous.

Chapitre 24
Dark night
« Nuit noire »
The Blasters

Adrian

Mais qu'est-ce que je fous là, seul, dans le noir, au cœur de la forêt ? Je ne me souviens pas d'être venu jusqu'ici. Quelqu'un m'a escorté ? Mais qui ? Et pourquoi ? Cet endroit me donne la chair de poule. J'ai l'impression d'être dans un film du genre « *Le projet Blair Witch* » ? Je ne serais pas étonné de tomber nez à nez devant une sorcière ou un ténébreux. Putain ! Ça existe vraiment ce genre de personnage ? Pourquoi suis-je en train de penser à ça ? On m'a drogué ou quoi ? Je me sens bizarre. On dirait que je perds toute acuité. La terre est en train de tourner autour de moi. Waouh ! Quel effet ! Je vois du gris puis du noir, comme si un tourbillon de fumée m'engloutissait. Est-ce une tornade ? Ou juste le fruit de mon imagination ? J'entends des cris, des sortes de grognements. Je serais incapable de regarder pour trouver cette bête sauvage qui s'approche de moi. Ça va trop vite. Tellement vite que je me mets à hurler, les mains dans mes cheveux, les yeux fermés. J'ai mal à la tête ! C'est un coup de Seb ! Il m'a fait boire trop de la vodka. Bordel ! Je vais l'étriper. Mais pourquoi ne me suis-je pas arrêté à temps ? Zoé va me détester. Elle n'aime pas quand je suis saoul. Et d'ailleurs, où est-elle ?

— Zoé ! crié-je en ouvrant les yeux.

Tout s'arrête. Mon cœur aussi. Suis-je mort ? Valens est devant moi, vêtu de sa parka qui pue le luxe et tenant contre lui Zoé qui pleure à chaudes larmes. C'est lui l'animal sauvage qui grognait. Sa saleté de main est plaquée sur la bouche de ma belle. Il lèche sa joue. Lentement, sans me lâcher du regard. Quelle pourriture ! J'aimerais lui défoncer la gueule, mais je ne peux pas. Il vient de me tirer dessus. Près du cœur.

Comme dans une scène au ralenti, mon corps se renverse à l'arrière et je plane dans les airs, dans ce tourbillon qui m'emmène vers les ténèbres, les yeux dans le vide. Je ne rejoindrais pas les étoiles. J'ai perdu la bataille. Valens a gagné la partie. J'ai été un méchant, car j'ai joué avec les filles. Je n'ai pensé qu'à m'amuser et je ne voulais pas m'engager dans une relation sérieuse. Voilà pourquoi je suis puni. Les cons comme moi ne vont pas au paradis. Moi, j'ai été ignoble avec les filles et j'ai rendu Léa malheureuse. Ouais, je ne l'ai pas rendue heureuse puisqu'elle m'a trompé.

Le vent souffle autour de moi. Je suis pris dans ce cyclone qui secoue mon corps sans vie dans tous les sens. C'est fini pour moi. Ma Zoé est dans les mains perfides de cet homme antipathique, diabolique, malveillant et malintentionné. Elle est fichue. Elle va mourir également. Non ! Putain de bordel de merde ! Non ! Non ! Non !

— Zoé !

Je fais un bond de peur. Un cauchemar. Putain ! C'était l'horreur. J'ai cru que c'était réel. Je vois encore Valens devant mes yeux, son sourire dédaigneux et sa bouche plaquée sur la joue de ma tigresse. J'étais en train de penser que c'était moi le méchant dans cette histoire. C'est vraiment n'importe quoi.

Je cligne des paupières pour me ressaisir. Je me rends compte que je suis trempé sur le visage, le dos et le torse et que mon pouls s'affole comme un fou. J'ai bien l'impression que ce ne sera pas le dernier cauchemar que je ferai. Valens et toute sa troupe vont me hanter couramment. Ouais... ça va être compliqué, mais ce n'est que le début et petit à petit tout reviendra à la normale. Enfin... je l'espère.

Je tourne la tête vivement sur ma droite, ce qui me provoque une douleur affreuse. Mais je m'en fiche. L'essentiel, c'est que Zoé soit là, à côté de moi. Je suis rassuré, mais elle gigote, le visage crispé, en émettant de petits sons étranges. Elle doit faire également un cauchemar. Dois-je la réveiller ? Il faut que je lui fasse oublier cette histoire de merde, que je la protège et que je la rende heureuse. Mais comment vais-je faire pour être à la hauteur de tout ça ? Le fait qu'on vive ici maintenant est une bonne chose. Certes, on gardera toujours de bons souvenirs de son studio, mais une nouvelle vie nous attend à Romainville. Je serai constamment près d'elle, sauf lorsqu'on devra s'absenter pour le boulot. Et ça... ça va être difficile. Il va falloir que je trouve une solution.

Je pousse la housse de couette et sors du lit. Je ne la quitte pas du regard lorsque je me dirige vers la porte. Grâce à la lampe de chevet que j'ai laissée allumée, je peux voir que ses traits se sont adoucis. Elle semble un peu plus détendue.

Je marche à grandes enjambées jusqu'à la salle de bains, chope un gant de toilette d'un tiroir et me lave doucement le corps. J'ai mal à quelque endroit, mais ça me fait du bien de me débarrasser de la torpeur qui m'a envahi. Ma mâchoire est d'une couleur bleue/violet et je doute que ça s'estompe rapidement. Ce con ne m'a pas loupé, mais j'ai de la chance de n'avoir rien de cassé.

J'entends un cri. Zoé ! Elle hurle et elle m'appelle.

Je cours à toute allure avec une serviette dans la main et me pointe dans la chambre. Elle est debout, près du lit, le visage mortifié, et elle pleure.

Je ne cherche pas midi à quatorze heures : je laisse tomber la serviette à terre et l'étreins. Son cœur bat fort et bien évidemment, le mien l'imite.

— Ma chérie… je suis là.

Je passe ma main derrière sa nuque et la remonte dans ses cheveux, ma bouche collée contre la sienne qui tremblote.

— Je n'étais pas loin. J'étais juste à la salle de bains.

— J'ai fait un cauchemar.

J'aurais dû la réveiller avant de quitter la chambre.

Je recule la tête pour étudier son expression sur son visage. Son regard exprime la peur. Elle me fait tellement de peine que les larmes me montent aux yeux.

Sois fort, Adrian ! Ne pleure pas ! Inspire ! Expire ! Voilà… tout va bien.

Je reste silencieux un petit moment en la contemplant simplement, une de mes mains caressant affectueusement sa joue. Elle respire encore lourdement, alors je fais glisser mon index jusqu'à ses lèvres et en suis le pourtour dans une très grande lenteur. Ma tendresse lui fait fermer les paupières. Ça l'apaise.

— Il ne t'arrivera rien, mon cœur. Je te le promets. D'ici quelques mois, tout ceci sera un vague souvenir et la vie reprendra son cours comme avant.

Elle hoche la tête et m'attrape la main.

— Je sais. Mais je le vois partout, dit-elle en m'amenant vers le lit.

— Moi aussi. Mais on arrivera à le chasser. Ils sont tous morts, Zoé. C'est nous qui avons gagné.

C'est vrai, c'est nous qui avons remporté cette bataille. Valens et sa troupe ont eu tout ce qu'ils méritaient, même si la mort aurait dû leur être beaucoup plus cruelle. Ils auraient dû souffrir, mais le sort en a décidé autrement.

Elle me lâche la main et se faufile sous le drap en réprimant un bâillement. Je n'attends pas une seconde pour la rejoindre. Je me pelotonne contre elle. Ma nana est mon refuge. Le meilleur.

Elle cale sa tête sur mon épaule. Immédiatement je me mets à humer ses cheveux en fermant les yeux.

— Je veux rester comme ça contre toi éternellement, susurre-t-elle en me caressant le torse.

— Moi aussi.

Je l'embrasse sur le cuir chevelu et finalement, elle se rendort quelques minutes plus tard dans mes bras, le cœur plus serein.

Chapitre 25
Changer d'air
Thierry Amiel

Zoé

Nous avons le nez dans les cartons depuis ce matin. Mes parents, Alicia, mais également Chloé, Juliette et la maman d'Adrian sont venus nous donner un coup de main. Je suis émerveillée que notre petit cocon prenne forme.

La nuit que nous avons passée a été un peu mouvementée, mais je sais que je peux compter sur Adrian. Il me réconforte dans ses bras, me chuchote énormément de mots doux et il ne me quitte jamais des yeux. J'aime qu'il soit aussi protecteur avec moi. Il fait tout pour que je mette les images de notre mésaventure dans un coin de ma tête. Ce que j'apprécie énormément, c'est qu'il joue régulièrement de son petit côté humoristique. Toujours à l'affût pour dire des bêtises, mais j'adore ça. Il sait détendre l'atmosphère. Mon voyou est fort et j'ai besoin d'un homme comme lui, car moi je suis beaucoup plus fragile. Sa présence me suffit pour rendre mon cœur heureux et moins douloureux.

— Nous avons fait du bon boulot, s'exclame mon père en jetant un regard circulaire autour de lui.

Il arbore un sourire satisfait.

— C'est un magnifique petit paradis, dit ma mère en se joignant à ses côtés. Ils vont être bien là, n'est-ce pas, mon chéri ?

— Oui… C'est presque parfait. Il manque encore un truc.

Il fait une mimique avec son nez.

— Quoi donc ?

— Une alarme. Nous ne repartirons pas dans le Sud tant qu'il n'y en aura pas une d'installée.

Mon père passe un bras autour de ses épaules et dépose un bisou sur sa tempe. Ils sont beaux à voir. J'aime l'amour qu'ils dégagent et j'espère que je vivrais la même chose qu'eux lorsque j'aurais leur âge. Ils me mettent de la magie plein les yeux.

— Eh bien… ne vous inquiétez pas, intervient Juliette. Tout sera mis en place dès demain. Une personne va passer pour en mettre une.

— Tu as fait appel à quelqu'un ? demande Adrian en s'approchant d'elle.

— Oui, je veux que vous soyez en sécurité. Il sera là demain pour 9 heures. Tu as intérêt à te réveiller tôt.

Adrian pose sa main sur son épaule et lui lèche la joue, ce qui la fait grimacer.

— Ah ! Mais tu dégoûtant ! Dégage !

Adrian se met à rire.

— Merci. T'es adorable. Je te revaudrai ça.

Il tente d'approcher sa tête une seconde fois vers la sienne, mais elle le repousse en plaquant sa main sur son torse.

— Dégage ! Je ne veux pas de ta salive sur moi. À cause de toi, je vais devoir aller squatter ta salle de bains pour me laver le visage.

— Ah ! Non ! Tu rêves ! C'est moi qui ai besoin de me laver.

Il ôte son tee-shirt et le balance tout en me jetant un regard hyper sexy. Il a une idée ! J'en suis certaine ! Une idée salace ! Je le connais trop bien.

— Tu viens ?

Il me tend la main en m'adressant un clin d'œil. Mais il est fou ? Je dois être rouge écarlate.

— Euh… On n'a pas encore fini, dis-je en fouillant dans un carton.

J'en sors un album photo pour dissimuler mon embarras. L'album qu'il m'a offert le jour où j'ai reçu la photo dans ma boîte aux lettres. Les larmes me montent aux yeux rien que d'y penser. D'une parce qu'Adrian a tellement été remarquable de m'avoir fait ce cadeau et de deux, parce que ce jour-là, j'étais effrayée. Je ne comprenais pas ce qu'il m'arrivait.

Je remets l'album dans le carton, le cœur lourd.

— Qu'est-ce qui se passe, Zoé ? m'interroge-t-il en s'approchant de moi. Tu as l'air triste tout d'un coup.

— Ça va. Je pensais juste… enfin à rien.

Ma voix s'est réduite à un murmure.

— Tu peux tout me dire. Je ne veux pas que tu gardes tes angoisses pour toi. On se sent mieux quand on se confie. Alors peu importe où, peu importe l'heure, tu me dis tout ce qui se passe dans ta tête. OK ?

Il prend mon visage en coupe et plonge son regard inquiet dans le mien. Pour le rassurer au plus vite, je hoche la tête, essayant de contrôler les larmes qui me menacent. Je n'ai pas envie de pleurer devant tout le monde.

Je prends une grande inspiration et lui offre un demi-sourire.

— Ça passera avec le temps. Mais là, je ne veux plus trop y penser. Je veux finir de ranger la maison.

— OK.

Et il m'embrasse d'un petit baiser sur la commissure de mes lèvres avant d'ouvrir un carton.

Finalement, il n'a pas pris de douche puisque nous nous sommes affairés de nouveau à notre tâche pendant une bonne heure. Chloé est repartie parce qu'elle devait aller rechercher ses filles à l'école. Toutefois, je l'ai remerciée pour l'aide qu'elle nous a apportée et également pour les crêpes que Guillaume nous avait préparées hier soir.

J'ai entendu Juliette parler discrètement à Adrian, mais j'ai quand même tendu l'oreille pour comprendre ce qu'elle lui relatait. Apparemment, c'est la mère de Valens qui s'occupe du bébé de Léa, car celui-ci lui aurait fait croire qu'elle était dans un hôpital psychiatrique. Même si pendant des mois, nous avons souvent pensé que ce n'était pas Adrian le père, je dois admettre qu'un petit doute a toujours plané en moi. Nous n'en étions pas sûrs à cent pour cent. Toutefois, je me sens soulagée, car je ne sais pas comment aurait pris la tournure de notre couple en élevant ce bébé. Ce bébé qui a perdu sa maman. Ce bébé, qui un jour voudra comprendre toute cette horrible histoire. Comment va-t-il réagir quand il sera grand ? Bref, cela n'est pas mon problème, mais j'ai mal au cœur pour lui. J'espère qu'il sera entre de bonnes mains. Elle lui a également révélé la date de l'enterrement de Léa, qui aura lieu d'ici cinq jours, mais il est resté impassible. Je suppose qu'il n'a pas envie d'y assister.

Concernant la mère d'Adrian, elle aurait déniché un boulot en tant qu'esthéticienne dans le 8e arrondissement de Paris afin de s'éloigner définitivement de Diego. Celui-ci l'appelait sans cesse pour qu'elle lui pardonne, mais elle n'a jamais cédé. Elle a enfin compris que cet homme n'est pas pour elle. Elle semblait triste et mélancolique quand elle en parlait, mais je suis certaine qu'elle trouvera d'ici peu de temps une personne qui lui correspondra. Elle a peur d'être seule, mais elle n'est pas vieille et de toute façon, il n'y a pas d'âge pour trouver l'amour.

Alicia a parlé de sa copine Anna et j'ai été très surprise d'entendre son histoire. J'ai même eu du mal à y croire. Je me souviens qu'elle m'avait avoué qu'elle fréquentait une fille depuis quelques mois, mais jamais je ne me serais attendue à ce que ce soit Vanessa. Cette ignoble fille s'est servie d'Anna pour récolter des informations concernant notre couple. Selon Alicia, elle n'était pas au courant de sa supercherie. Anna s'est sentie trahie. Comme pour Léa, elle a été piégée dans les griffes de cette manipulatrice. Ma sœur se confiait souvent à Anna sur sa relation avec Seb, mais elle racontait parfois des choses sur Adrian et moi, car elle était heureuse pour nous. Sans le vouloir, Anna dévoilait des détails croustillants à Vanessa. Au début, Anna pensait qu'elle s'intéressait à son cercle d'amis, mais petit à petit, elle s'est rendu compte qu'elle devenait trop curieuse. Elle lui posait énormément de questions et Anna commençait à avoir quelques doutes sur cette Vanessa. Elle voulait nous la présenter, mais malheureusement toute cette histoire a pris une autre tournure et elle n'en a pas eu le temps. Mais je pense que ça ne serait jamais arrivé. Vanessa était bien trop futée.

Alicia s'est un peu sentie mal de me raconter tout ça, mais je l'ai rassurée en lui disant que rien n'était sa faute. Personne ne pouvait savoir que Vanessa était aussi manipulatrice. Je sais qu'elle s'en veut un peu, mais je lui ai dit d'oublier. J'aurais été pareille qu'elle. J'aurais été heureuse de parler de ma sœur à ma meilleure amie (que je n'ai pas d'ailleurs). Cela dit, nous avons cessé de parler d'elle lorsque Seb est arrivé. Celui-ci nous a rejoints après son boulot puis mon père est allé chercher des pizzas pour nous dîner. Adrian veut reprendre le travail et de mon côté, je ne peux pas laisser ma sœur gérer toute seule le studio de danse. Le gala aura bientôt lieu et nous ne sommes pas encore au point. Ce qu'Adrian voudrait, c'est revoir nos horaires afin qu'on soit toujours ensemble. Il ne veut plus être loin de moi. Pas pour l'instant. Mais je ne sais pas comment on va faire. Tout est encore flou dans notre tête. On est perdus. Je n'ai pratiquement rien avalé, car la boule dans mon ventre était toujours présente, ce qui a amené Adrian à me réprimander plusieurs fois. Je sais que l'appétit reviendra, mais pour l'instant, c'est impossible.

Chapitre 26
OMG
Camila Cabello feat. Quavo

Adrian
Cinq jours plus tard.

On est bien chez nous. Je me sens beaucoup mieux, même si mon cerveau flanche de temps en temps du côté de la torpeur. Zoé a l'air plus sereine également. Elle s'occupe l'esprit en écoutant de la musique, elle regarde aussi des séries sur Netflix et elle fait régulièrement le ménage dans la maison.

Je n'ai pas encore repris le boulot. Zoé non plus. Seb m'a donné quelques jours pour me remettre de toute cette mésaventure. J'ai dû refaire un témoignage auprès des flics et nous sommes allés voir le psychologue. Moi je m'en fiche de lui parler, mais j'ai l'impression que ça fait du bien à Zoé. Elle était toute joyeuse quand elle est ressortie de la séance. Dès que nous sommes arrivés à la maison, elle est allée dans le jardin et elle a eu une idée : faire un petit potager. Je n'ai jamais mis la main dans la terre, mais je le ferai pour elle.

Ses parents sont repartis hier matin, ce qui a provoqué une énorme crise de larmes pour ma belle. Mais très vite, elle s'est calmée et a repris du poil de la bête. Je l'ai consolée du mieux que j'ai pu en lui faisant un gros câlin puis elle a fait des recherches sur Internet pour comprendre comment fonctionnait un potager. Ensuite, elle s'est jetée sur moi en me faisant l'amour comme une déesse. Et avant ça, j'ai eu le droit à une petite danse sexy dans sa tenue d'écolière. J'étais aux anges. Tout compte fait, je vais lui dire d'aller voir ce spécialiste très souvent. J'aime quand elle a ce grain de folie.

J'écrase ma clope à terre et la jette dans l'herbe avant de rentrer dans la maison. Zoé est assise en tailleur sur le canapé, des écouteurs dans ses oreilles. Je me pose à côté d'elle et lui chope une oreillette. C'est du rock. Un groupe que je ne connais pas, mais j'avoue que c'est pas mal.

Je bouge la tête au rythme sauvage de la musique et je lui demande en élevant la voix :

— Quel est le nom du groupe ?

— Ce sont les « *Blacks Devils* ». J'adore ce qu'ils font et tu sais quoi ?

Je hoche la tête.

— Ils font un concert au Luxembourg dans quelques mois. Et le chanteur… nom de Dieu, qu'il est canon.

Elle rit comme une folle. Qu'est-ce qu'il a de plus que moi, ce type ? J'aimerais bien voir une photo.

Elle me fait les yeux doux.

— Ça sous-entend quoi ?

Elle hausse les épaules puis tourne la tête vers la porte-fenêtre pour me cacher sa réaction.

— Tu veux que je t'emmène les voir ?

Ses joues s'empourprent.

— Je ne sais pas… j'aime bien, mais…

— Mais ?

Je la chope par la taille et l'attire sur mes genoux.

— Tu veux y aller ?

Elle murmure un oui à peine audible.

— Alors pourquoi as-tu prononcé un « mais » ?

— Je ne sais pas si c'est une bonne idée.

— Ah… Pourquoi ?

— Bah… je ne sais pas. Il y aura du monde et ça m'effraie un peu.

Cette peur… putain ! Je vais la lui chasser.

— Je serai là. Je serai ton garde du corps et si ce… (je réfléchis) Comment s'appelle le chanteur ?

— Evan.

— Eh bien, si ce Evan s'approche trop de toi, je lui ferai comprendre que tu m'appartiens.

Elle se met à rire aux éclats.

— Parce que tu crois qu'il va me remarquer dans une foule de plus de deux mille fans ?

Je passe ma main derrière son cou et rapproche son visage du mien.

— Bien sûr que oui. Tu es la plus belle femme sur terre.

Je ne lui laisse pas le temps de répondre que je l'embrasse comme un fou. Ma langue atterrit vite dans sa bouche et je la fais danser énergiquement contre la sienne. J'ai moins mal à la mâchoire depuis hier et l'hématome commence tout doucement à partir.

— Dis-moi quand a lieu exactement ce concert ?

— Le 29 novembre, mais je suis persuadée que les places se sont déjà vendues comme des petits pains. C'est un groupe hyper connu aux États-Unis. Tu sais pourquoi je me suis intéressée à ce groupe ?

Quelle question ! Elle se fout de moi en plus.

— Parce que le chanteur t'a tapé dans l'œil ?

— Oh ! Tout de suite !

— Bah… c'est toi qui viens de dire qu'il était canon.

— Oui, il est canon, mais ce n'est pas pour ça.

— Alors pourquoi ?

Je l'embrasse sur la joue avant qu'elle me raconte des faits divers sur une star qui sont sûrement des rumeurs.

— Eh bien… ils ont eu un peu le même genre d'histoire que nous, mais les méchants n'ont pas été tués. Ils sont en prison.

Elle triture ses longs ongles. Putain ! Je les aime ces ongles quand elle me griffe le dos lors de nos ébats. Elle a eu la bonne idée de les laisser pousser.

— C'est-à-dire ? Vas-y, explique, mon cœur.

Ses yeux s'embuent de larmes lorsqu'elle relève la tête. Pourquoi veut-elle me parler de ça, après tout ? Elle n'est pas obligée. Je ne veux pas voir de la peine sur son visage.

Je lui caresse la joue pour l'apaiser et lui offre un petit sourire.

— Laisse tomber.

— Mais non, ça va aller. C'est vrai que ça me fait bizarre, mais j'ai de la compassion pour eux. La femme du chanteur, Aileen a été kidnappée il y a un an maintenant et l'ex d'Evan ainsi que son batteur l'ont séquestrée dans un vieux garage. Ils ont voulu y mettre le feu.

Je fais les gros yeux, surpris.

— Oh ! Putain ! Il n'y a pas qu'en France qu'il y a des fous. Il y en a partout.

— Ouais et c'est pour cette raison que je me suis tout d'abord intéressée à ce groupe. Puis j'ai écouté leur musique et j'ai trouvé que c'était génial.

— Eh bien… va chercher ton téléphone. On va regarder à ça.

Elle hoche la tête, me fait un bisou sur le nez puis descend de mes genoux. C'est à ce moment-là que la sonnette d'entrée se met à retentir.

— Tu as demandé à quelqu'un de passer ? l'interrogé-je en me relevant du canapé.

— Non.

Je me dirige dans le couloir et ouvre la porte d'entrée. C'est Seb et Alicia. Je ne m'attendais pas à les voir. Le programme de ma journée était de me retrouver seul avec Zoé pour profiter d'elle. J'ai ruminé pendant plusieurs jours, car j'étais indécis concernant l'enterrement de Léa. C'est aujourd'hui que j'aurais pu lui dire au revoir, mais en y réfléchissant bien, je ne voulais pas de nouveau perturber Zoé avec ça. Moi également. J'ai donc préféré rester ici. Peut-être que j'irai sur sa tombe un de ces quatre pour lui faire mes adieux, mais pas maintenant. Non ! Je n'y arriverai pas.

Je leur fais la bise et les fais entrer.

— Quoi de neuf ? leur demandé-je tout en marchant vers le salon, une main enfoncée dans la poche de mon jean et l'autre enfouie dans mes cheveux.

Je me mets à bâiller. Je suis naze. Un vilain rêve est encore venu me perturber cette nuit et je n'ai pas réussi à me rendormir. Zoé a eu le même problème que moi. Je lui ai donc préparé un petit-déjeuner au lit à 6 heures du matin puis nous avons passé le reste de la matinée à nous faire des câlins. Et pour une fois, ils n'étaient pas coquins.

— Oh… et bien. Euh…

Je tourne la tête vivement en direction de Seb et le contemple, perplexe, en relevant un sourcil. Qu'est-ce qu'il a à bredouiller comme ça ? De plus, il a l'air embarrassé. Son regard dérive vers celui d'Alicia, qui devient rouge tomate. Elle se mord la lèvre inférieure si fort que j'en ai mal pour elle. Il se passe un truc.

— Quoi ? Il y a un souci ?

— Oh… non. Pas du tout. On t'expliquera après. C'est une surprise.

J'ouvre la bouche, prêt à lui répondre, mais je n'ai pas le temps de le faire car Zoé apparaît devant nous, toute souriante, son téléphone dans la main.

— Il reste des places !

— Eh bien… prends-en deux.

— Des places de quoi ? demande Alicia, curieuse, en s'approchant de Zoé.

Zoé tourne l'écran de son téléphone devant le visage de sa sœur.

— Je ne connais pas.

— Tu devrais écouter. Je suis certaine que tu aimerais. D'ailleurs, ce serait pas mal d'imaginer des chorégraphies sur certaines de leurs chansons.

— J'y jetterai un œil.

Zoé lui fait un bisou sur la joue puis elle fait la même chose à Seb avant de leur dire de s'installer dans le salon. Je les débarrasse de leurs vestes et les pose sur une chaise.

— Qu'est-ce que vous voulez boire ? leur demandé-je en ouvrant le frigo. J'ai de la bière ou de l'eau avec du sirop de fraise.

Il va falloir qu'on songe à faire quelques courses. Le frigo est presque vide.

— Une bière pour moi, s'il te plaît, dit Seb.

— OK. Et toi, Alicia ? La même chose ?

— Euh… Non, merci. Un verre d'eau, s'il te plaît.

— Et toi, ma chérie ?

— Comme Alicia.

Je sors deux bières et une bouteille d'eau du frigo ainsi que deux verres d'un placard. Tout en faisant le service, j'aperçois Zoé pianoter sur son téléphone, le sourire aux lèvres. Je suis heureux de voir que j'arrive à lui faire oublier nos mésaventures de temps en temps. Ça nous fera du bien. De plus, ce sera la première fois que je me rendrais à un concert. Je n'ai jamais été fan de ce genre d'endroits, mais il faut bien une première.

Seb m'aide à prendre les verres des filles puis je les rejoins en m'asseyant sur une chaise du salon.

Je demande à Zoé :

— Tu as réussi à faire la réservation ?

Elle hoche la tête puis se lève du canapé.

— Oui, c'est bon. En principe j'ai dû recevoir un mail avec les tickets à imprimer.

Elle prend place sur mes genoux et me montre une photo du groupe.

— C'est eux. Ils ont l'air cool, non ?

— Bof, rétorqué-je pour la faire enrager.

Bien évidemment, ça lui fait lever les yeux au ciel et j'adore ça.

Tout en passant une main derrière sa taille pour la maintenir contre moi, je regarde en premier le chanteur. Plutôt beau gosse, ce Evan. Un grand brun aux yeux couleur noisette, les cheveux hirsutes et un look rock assez branché. Je comprends pourquoi elle fantasme sur lui. C'est un mec qui doit attirer toutes les midinettes à ses pieds. Comme toutes les rockstars, en réalité.

— Non, mais sérieusement ? insiste-t-elle.

— Bah… il est moche.

Elle me donne une petite tape sur l'épaule.

— N'importe quoi ! Il est trop beau. Et regarde les autres… (elle inspecte la photo, les yeux presque collés à l'écran), ils ne sont pas mal non plus.

Je lui prends le téléphone des mains et me penche en le posant sur la table basse.

— Arrête de vouloir me rendre jaloux. T'es à moi. Rien qu'à moi.

Elle entrouvre la bouche, mais je plaque la mienne dessus pour qu'elle se taise.

— À part sa belle voix, il n'a rien de mieux que moi, lui murmuré-je contre ses lèvres.

— Ce mec est marié et il va avoir un enfant.

— M'en fous.

— Et il habite à Brooklyn, je te signale ! Il ne me remarquera jamais, sauf si je me déguise en sapin de Noël avec tout plein de lumières.

— On dirait de gros gamins, mais vous nous faites bien rire, ricane Seb.

Je souris de toutes mes dents puis dis :

— Bon, changeons de sujet. Alors… Qu'est-ce qui vous amène ici ? Vous aviez l'air d'être perturbés lorsque vous êtes arrivés. Racontez-nous.

Alicia camoufle ses mains dans son pull en laine rose tandis que Seb lui chuchote quelque chose au creux de l'oreille. Putain ! Mais qu'est-ce qu'ils manigancent, ces deux-là ?

— Eh bien… on a appris que…

Seb laisse sa phrase en suspens et observe Alicia. Ils se mettent à rire.

Il va cracher le morceau, nom de Dieu ?

— Que quoi ? Que vous allez avoir un gosse ? je m'empresse de dire, le cœur battant.

Alicia est prise d'un fou rire et pose sa main sur le genou de Seb.

— Euh… ce n'était pas de cette façon que nous voulions vous l'annoncer, mais oui. On va avoir un bébé.

— Quoi ? s'exclame Zoé en se levant. Vous… vous allez avoir un bébé ?

Alicia hoche la tête puis attrape son sac à main, qu'elle a laissé à terre, et en extirpe un papier.

— Tadam ! Le papier officiel comme quoi je ne raconte pas de bêtises.

Elle tourne la feuille devant nos yeux, mais je n'y comprends rien. C'est écrit en gros « hormonologie », en plus petit la date de ses règles, puis un tas de chiffres.

— Waouh ! Génial ! C'est maman qui va être aux anges ! s'enthousiasme Zoé en lui tendant les bras.

Seb va être papa ! Je n'en reviens pas ! Quel choc !

— Félicitation, ma grande sœur et… Tu es enceinte de combien de temps ?

— Quatre semaines. C'est tout récent.

— Ah… bah voilà ce qui explique ton teint blanc, ton appétit d'ogre et aussi que tu as vomi dans la forêt.

— Oui, ricane Alicia en posant sa main sur son ventre. On a été surpris, car on ne s'y attendait pas. Un oubli de pilule et puis hop, la petite graine s'est plantée comme par magie.

Un oubli de pilule… je suis en train de me rendre compte que je n'ai pas vu Zoé la prendre depuis quelques jours. Il va falloir que je lui en touche un mot. J'aime bien les enfants, mais je ne suis pas encore prêt pour ça. Je n'ai pas envie de mettre les mains dans le caca, moi. De plus, ça pleure tout le temps, ces petits êtres.

Je donne une accolade à Seb et lui lance comme vanne :

— Bon courage, mon pote. Tu vas devoir dire adieu à tes nuits paisibles. J'espère que ce petit ne t'en fera pas voir de toutes les couleurs. Tu n'as pas peur de mettre tes mains dans le caca ?

— Mais arrête, Adrian, me coupe Zoé en me donnant une claque sur les fesses. C'est trop mignon, les bébés.

— Oh ! Ça sent l'envie d'en avoir un, ça, dit Seb en s'esclaffant. Qu'est-ce que vous attendez pour en faire un ?

J'attrape la main de Zoé et la ramène à moi. Elle est rouge écarlate. Non ? Elle ne veut pas d'un bébé tout de suite ?

— Il me faut encore un peu d'entraînement. On en reparlera d'ici un an ou deux. Ou dans dix ans.

Zoé ne dit rien. Non, elle se mordille la lèvre inférieure en souriant. Putain ! Elle veut un bébé ! Ou alors je lui en ai fait un et elle ne me l'a pas encore dit.

— Tu as quelque chose à me dire ? l'interrogé-je en fronçant les sourcils.

— Bah… euh…

Bah, euh, quoi, merde ? Putain ! Je ne suis pas prêt. Elle me fait vraiment peur, là.

— T'es enceinte ?

— Mais non ! Je ne pense pas être enceinte. J'aurais aimé te filmer. Tu aurais vu ta tête.

Elle ne pense pas être enceinte. Ce n'est pas certain. Ça fait peur, quand même ! Et en plus, elle continue de rire. Ça méritera plusieurs fessées. Et je m'en réjouis d'avance.

— Je vais te punir. Attachée comme à Noël.

Elle n'est plus rouge tendre, mais plutôt d'un rouge cramoisi. Bien évidemment, Seb et Alicia se mettent à rire.

— Vous êtes vraiment dingos ! Je ne veux même pas imaginer ce qui se passe dans votre pieu. Ça doit être folklo.

— Je suis sûr que tu en fais autant avec Alicia. Ne dis pas le contraire.

Alicia vire au rouge également.

— Et si on changeait de sujet, un peu ? dit-elle en prenant son verre d'eau.

— Ouais, ma sœur a raison. On va arrêter de parler de ça.

Zoé me donne un coup de coude en me regardant d'un œil noir, l'air de dire « Tu parles trop ». Ça me fait rire. Elle fait la timide, mais elle est loin d'en être une. D'ailleurs, oui, ce soir ça risque d'être folklo. J'ai envie de m'amuser.

Pendant un certain temps, nous bavardons comme de bons vieux amis. On parle du futur bébé, on s'amuse à lui donner des prénoms, même si on ne sait pas encore si ce sera une petite nana ou un petit mec, et on imagine également à qui il ressemblera. Moi je dis que ce sera un petit mec et qu'il s'appellera Arthur. Ne me demandez pas pourquoi, je ne sais pas. Ça faisait bien longtemps que je n'avais pas passé un moment comme ça et j'avoue que ça me manquait. Il faudra que je songe à les inviter de temps en temps. Rien de tel pour mettre les fêlures loin derrière nous.

Seb et Alicia repartent en fin d'après-midi. Une fois la porte fermée, je me rue sur ma petite diablesse, le regard coquin. Je fixe mes mains sur sa taille et la soulève.

— Mais qu'est-ce que tu fais, Adrian ?

Elle enroule ses jambes autour de ma taille puis enfouit ses mains dans ma chevelure. Hum… Que c'est bon quand elle bouge ses doigts et qu'elle me masse le crâne si lentement.

— Je vais te faire un bébé.

— T'es sérieux ?

— À ton avis ?

Je fais exprès d'être sérieux.

Je ne dois pas rigoler. Non ! Je vais y arriver. Fais-lui un peu peur, Adrian.

— On manque d'entraînement. J'espère que tu n'y vois aucune objection ?

Elle fourre son doigt entre ses lèvres. OK, c'est bon, j'ai compris. Elle va être gratifiée d'une nuit olé olé. Popol est déjà dur comme fer. Il faut vite le soulager.

— Mais dis-moi, ma puce…

— Oui, quoi ?

— Tu as pris ta pilule ces temps-ci ?

Elle fait non de la tête. Merde !

— Je n'y ai pas pensé.

Outch…

— Et ça craint ?

Elle hausse les épaules. J'ai la trouille.

— Sérieux ?

— Je t'assure que je ne sais pas. Je suis sérieuse, Adrian. Je l'ai vraiment oubliée. On aura la surprise dans quelques jours.

OK, ça craint. Son regard me le prouve. Elle ne le sait même pas elle-même. Après tout, il n'y a pas mort d'homme si on a un gosse ? Non ? Si ? Enfin… bref… là je ne vais pas trop y penser, car elle vient de mettre sa langue dans ma bouche et le désir monte déjà en moi. Ah ! Cette femme… elle me rend fou !

Chapitre 27
Laisse le vent emporter tout
Mylène Farmer

Adrian
10 jours plus tard.

Elle n'est pas enceinte. Ouf ! Me voilà rassuré. J'ai failli exploser de joie, mais je me suis retenu, de peur qu'elle le prenne mal. Je ne pense pas que ce soit son souhait également. Toutefois, depuis qu'Alicia a révélé qu'elle allait être maman, elle ne fait que feuilleter des catalogues de puériculture. Je sais qu'un jour ça arrivera, mais il me faut encore quelques années. Ce ne sera plus pareil avec un enfant. Je sais que ce sera du bonheur, mais là actuellement, j'ai juste besoin d'elle. De rien d'autre. Je veux profiter de la vie avant tout. Pauvre Seb ! Dire qu'il va devoir foutre les mains dans le caca. L'horreur ! Je le plains ! Et je compte bien le charrier très souvent avec ça.

Elle a laissé son idée de potager de côté. Ah ! les femmes ! Toujours à vouloir changer d'avis. Mais une autre a jailli dans sa tête, celui d'obtenir son permis. Elle s'est donc inscrite au code, mais elle n'a pas l'intention de passer ses heures de conduite à Paris. Je la comprends et je trouverai une solution pour qu'elle le décroche rapidement dans une ville beaucoup plus calme. J'ai bien pensé à demander à son ami Jamie, puisque nous descendons dans le Sud d'ici la fin du mois. Cependant, je doute qu'elle ait le temps de passer toutes ses leçons en deux semaines. À moins qu'elle en prenne deux par jour… et encore ! C'est trop juste et de plus, je n'ai pas envie qu'elle soit constamment avec ce moniteur durant ces vacances. OK, il est gentil et c'est un ami, mais il est célibataire et je ne fais pas confiance aux hommes. Ma Zoé est trop canon et elle ne laisse personne indifférent.

Je consulte mon agenda tandis que Zoé, assise sur une chaise, près de la décoration de printemps que Seb a installée il y a quelques jours, révise son code. Nous avons repris le chemin du travail depuis hier et on s'est arrangés pour être toujours ensemble. Elle reste avec moi le matin au studio pendant que je fais des shooting et l'après-midi, c'est moi qui me rends au studio de danse avec mon ordinateur en main. Lorsqu'elle donne des cours à ses élèves, je peaufine certaines photos en y faisant quelques retouches puis je crée quelques albums. Je prends également des rendez-vous. Et d'ailleurs, je me rends compte que le planning est déjà très chargé. Nous sommes en pleine période de mariage. Nous avons un shooting à faire tous les samedis. Zoé viendra avec moi. Elle a l'air d'aimer mon travail. Plusieurs fois, elle m'a regardé pour voir comment je m'y prenais.

— Qu'est-ce que tu veux manger ce midi ? lui demandé-je en fermant mon agenda.

Elle hausse les épaules puis replonge sa tête dans sa tablette.

— Je ne sais pas. Je n'ai pas trop faim. Tu peux te commander un truc à manger si tu veux, je vais continuer à réviser.

Je lève les yeux au ciel puis me mets face à elle, les poings sur les hanches.

— Lâche cette tablette. On se barre.

Elle ravale un grognement en se levant puis l'abandonne sur sa chaise.

— Je t'assure que je n'ai pas trop l'appétit. Je mangerai une pomme.

Je fais non de la tête et ricane amèrement.

— Une pomme. Franchement, Zoé ! Ce n'est pas une pomme qui va te nourrir. Allez… prends ta veste. On y va.

J'ai raison. Ce n'est pas une pomme qui va la nourrir. Je la détaille de la tête aux pieds et je constate qu'elle a un peu minci. De plus, son teint est toujours aussi pâle que lorsque nous sommes sortis de l'hôpital. Je ne peux pas la laisser continuer comme ça. Ce n'est plus possible. Elle est bornée, mais moi aussi je le suis et là, c'est pour une bonne raison. Sa santé avant tout !

Elle enfile sa veste rose et prend une mine boudeuse.

— On va aller manger chez « Robert ».

— Chez « Robert » ? répète-t-elle. C'est qui celui-là ?

Elle croise les bras sur sa jolie poitrine et me scrute avec suspicion, ce qui me donne envie de tirer sur sa tresse pour lui faire pencher sa tête, la regarder droit dans les yeux et lui dire tout ce que je pense et tout ce que j'ai envie de lui faire, c'est-à-dire : la punir. La punir parce qu'elle ne veut pas se nourrir. Une bonne fessée bien ferme ou deux (ou bien trois, tant qu'à faire) ne lui ferait pas de tort. Mais elle risquerait de vouloir se venger en m'attachant au lit et me laisser en plan avec une musique pour seule compagnie. Je vais me retenir, mais ça me démange. Vilaine petite fille !

— « Chez Robert », c'est un restaurant qui se situe en bas de la rue. Si tu te souviens bien, j'avais déjà commandé un repas et ce jour-là, tu m'as fait une pipe du tonnerre.

Je me mords le poing et ricane, ce qui va probablement me valoir une claque, mais elle se ravise en laissant sa main en l'air. Son teint a pris un peu de couleur.

— OK… allez, on y va. Tu as gagné.

— J'ai gagné quoi ? Une pipe ?

Elle roule des yeux et pose sa main sur la poignée de la porte.

— J'te jure toi ! T'es…

— Incorrigible. Oui, je sais, mais toi aussi.

Elle ouvre la porte et tombe nez à nez avec Seb. Il semble un peu perturbé, ça se lit dans son regard. Il prononce un « euh » puis se gratte le crâne. Sa bouche forme une ligne mince. Il fait souvent cette mimique quand il est embarrassé. Mais pourquoi ? Je sais qu'il voudrait épouser Alicia puisqu'il m'en a déjà parlé. Est-ce qu'il ne sait pas comment s'y prendre ? Moi, je veux bien le conseiller. Il n'y a aucun souci. Je vais y aller franco.

— Tu veux un conseil pour demander Alicia en mariage ?

— Hein ? Qu'est-ce que tu racontes ?

Je pose mes mains au creux des reins de ma belle et lui répète ma question :

— Bah, je t'ai demandé si tu voulais un coup de main pour ta demande en mariage.

Zoé tourne la tête vers la mienne et se met à rire.

— Pourquoi dis-tu ça ?

— Parce qu'il me l'a dit.

— Ah bon ?

Elle est surprise.

— Bah ouais…

— Mais non ! C'est pas ça, me coupe Seb. Il y a quelqu'un qui voudrait te voir, mais je ne sais pas si tu accepterais de l'écouter.

Je l'observe, dubitatif.

— Qui donc veut me parler ?

Je penche la tête sur ma droite et remarque qu'il y a une femme qui selon moi a une soixantaine d'années. Elle a des cheveux blanc argenté, attachés en queue basse et elle fait aller une poussette d'avant en arrière. Elle chuchote des mots au bébé puis elle relève la tête tout en jetant un œil dans ma direction. Elle semble triste et vu sa tenue sombre, je pourrais croire qu'elle vient de sortir d'un enterrement. Elle a le teint blafard. Mais qu'est-ce qu'elle me veut ? Je ne la connais pas. Non, elle ne me dit rien. Je me serais souvenu d'elle si elle était venue faire une séance photo.

— Il doit y avoir erreur. Je ne l'ai jamais vue.

— Non, tu ne l'as jamais vue, mais cette femme aimerait te dire un petit mot. C'est la mère de Valens.

Je reste estomaqué. La mère de Valens ! En voilà une bien bonne. C'est tellement étrange et qu'est-ce qu'elle veut me dire ? Personnellement, je n'ai pas envie qu'elle vienne me parler de son fils. Je commençais à aller un peu mieux et Zoé aussi.

— Dis-lui que je ne suis pas là.

Il se gratte de nouveau la tête.

— Bah… trop tard. Je lui ai dit que j'allais t'en parler.

— Alors, dis-lui que je ne veux pas.

Il souffle :

— Ça ne se fait vraiment pas.

— Franchement, ça ne m'enchante pas !

Je peste quelques gros mots et libère Zoé de mon étreinte. Je n'ai pas mon temps à perdre avec cette femme. Je vais vite l'expédier. Elle n'est pas la bienvenue ici.

Seb m'attrape le bras lorsque je passe devant lui. Je fronce les sourcils.

— Sois courtois, s'il te plaît. Cette femme n'a pas l'air méchante pour un sou. Si elle est là, je pense que c'est pour te présenter des excuses.

Je ris, incrédule. Pas méchante pour un sou. Mais qu'est-ce qu'il en sait, sérieux ?

— Des excuses de quoi, merde ?

J'ai tellement haussé la voix que Zoé se met à faire les gros yeux.

Garde ton sang-froid, Adrian !

— Tu devrais l'écouter. De toute façon, on est là près de toi s'il y a un souci.

Il insiste :

— S'il te plaît…

— Ouais… bon OK. Je vais l'écouter, mais reste ici avec Zoé.

Je lâche un énorme soupir tout en me dirigeant vers cette femme. Elle tient le bébé dans ses bras. L'enfant de Léa. Un petit blondinet aux cheveux très fins avec d'immenses billes bien rondes, habillé d'une salopette en jean et d'un polo bleu ciel. Il me regarde et rit. Je ne saurais pas en faire autant.

Désolé, p'tit !

Je toussote avant de m'exprimer :

— Bonjour. Je suis Adrian Legrand.

— Bonsoir, Monsieur, fait-elle en me tendant une main. Je suis la maman de…

Elle laisse sa phrase en suspens et baisse les yeux, comme si elle avait honte.

— Pourquoi êtes-vous venue ? lui demandé-je en lui serrant sa main qui est gelée.

Elle soupire puis repose le bébé dans la poussette. Celui-ci se met à brayer fort. Il est très expressif, ce petit ! Waouh ! La vache ! C'est certain ! Je ne veux pas de gosses tout de suite ! Pauvre Seb !

— Je suis venue pour vous présenter des excuses.

Elle reprend l'enfant dans ses bras et lui murmure des « chut » en le berçant, ce qui le faire taire.

— Je sais que mes mots ne seront pas suffisants pour vous dire toute la peine que j'ai pour vous, mais sachez que cette histoire m'a énormément attristée. Je ne savais pas que mon fils était un être aussi ignoble. Pour moi, il était toujours mon bébé, un gamin très gentil.

Elle lâche un sanglot, mais elle reprend vite :

— Je… je… Je suis désolée. Je ne sais plus où j'en suis.

Elle pleure maintenant sans retenue. Elle me fait un peu de peine malgré tout, mais malheureusement, je ne sais pas quoi lui dire ni quoi faire. Je ne suis pas du genre à prendre un inconnu dans mes bras, mais je comprends sa douleur. Elle le voyait avec les yeux d'une maman et une maman ne s'imagine pas que son enfant peut être un meurtrier.

— Je suis vraiment désolée, monsieur. Je suis désolée qu'il vous ait fait autant de mal. À vous et à votre entourage. Je pensais que sa vie se résumerait à avoir un beau métier et une belle petite famille, mais apparemment, la mort de son beau-fils et de sa femme lui a fait perdre la tête. J'ai été une mauvaise maman. Je n'ai rien vu venir, malheureusement.

Ses larmes redoublent sur son visage.

— Que puis-je faire pour réparer ses erreurs ?

Je ferme les paupières, le cœur battant, puis pose une main chaleureuse sur son épaule. Quelle situation ! Cette pourriture de Valens vient de briser la vie de sa mère. Je ne pourrais pas la consoler, car ce qu'il a fait est ignoble, mais je peux lui dire quelques mots rassurants. Alors, je prends une grande inspiration avant de m'exprimer d'une voix posée et calme :

— Madame… Vous n'avez pas à être désolée ni à vouloir réparer les erreurs de votre fils. Le mal est fait et malheureusement, il est trop tard pour revenir en arrière. Ce qu'il a fait est inadmissible, odieux et impardonnable. Je sais que cette histoire vous affecte autant que moi et que les jours qui suivent vont être difficiles. On ne pourra jamais rien oublier. Mais ne pensez pas que vous étiez une mauvaise mère. Je suis certain que vous avez fait tout ce que vous pouviez. Vous lui avez apporté tout votre amour, la plus belle chose que l'on peut donner à quelqu'un. On ne peut pas changer le destin, mais vous devez vous montrer forte pour votre petit-fils. Ce petit a besoin de vous.

Elle renifle tout en caressant le dos de l'enfant. Celui-ci pose sa tête sur son épaule.

— Tout ce que je peux vous dire, c'est que vous devez vivre pour ce petit bonhomme et laisser le vent emporter les mauvais souvenirs. Je sais que c'est facile à dire, mais il n'y a pas d'autre choix. Prenez soin de vous, Madame.

Je lui adresse un clin d'œil et retire la main de son épaule. Je recule jusqu'à ce que mon dos percute le mur. Je n'ai plus rien d'autre à lui dire. Elle doit continuer son chemin, même si les douleurs ne s'effaceront pas de sitôt. Elles ne s'effaceront pas, mais elles s'atténueront au fil du temps.

Avant de rejoindre Zoé et Seb, je contemple le gamin. J'ai l'impression de voir Léa. Il lui ressemble beaucoup. La même couleur de cheveux et d'yeux.

Je lui demande une dernière chose :

— C'est vous qui allez avoir la garde de ce petit ?

Elle le remet dans sa poussette. Cette fois-ci, il a décidé d'être sage. Il ne chouine plus.

— Je ferai tout pour l'avoir.

Je lui offre un demi-sourire puis tourne la tête vers ma salle de shooting. Seb a son bras autour des épaules de Zoé et il m'adresse un clin d'œil, l'air de dire « C'est bien, mec ».

Cette conversation m'a un peu retourné l'estomac. Je n'ai plus faim et les larmes me menacent. Je me suis montré fort jusqu'à présent, mais j'ai besoin d'extérioriser tout le chagrin que j'ai en moi.

Je pleure…

Je pleure parce que j'ai eu une putain de chance de survivre à tout ça.

Je pleure, car cette femme me fait de la peine.

Je pleure pour Léa, cette nana que j'ai aimée et avec qui je pensais faire ma vie.

Je pleure parce que j'ai eu les jetons ! Putain ! Je ne suis pas une mauviette, mais j'ai été pris dans un engrenage infernal, dans une sorte de tourbillon qui a failli m'engloutir dans un autre monde.

Zoé accourt vers moi en me voyant dans cet état. Elle enroule ses petits bras autour de ma nuque et immédiatement, j'enfouis mon nez dans sa chevelure. Ses cheveux qui sentent si bon. Mon enchanteresse. Je l'aime tant. Sa présence est son plus grand pouvoir magique, car quand elle est là, dans mes bras, qu'elle me regarde intensément avec un mélange d'amour et de tristesse, qu'elle me caresse le visage tout en douceur et qu'elle me murmure des mots gentils et affectueux, les larmes disparaissent et la mélancolie s'envole.

Chapitre 28
Il fait chaud
Passi

Zoé
Fin avril.

Nous arrivons à Saint-Raphaël sous un ciel clair où le soleil se cache timidement dans les nuages. J'apprécie qu'il fasse aussi doux, car l'air était irrespirable la dernière fois que je suis venue ici. La devanture de la maison de mes parents est splendide, garnie de fleurs multicolores. Deux semaines de vacances nous attendent. Quel bonheur de retrouver ma famille. Je sais que mes parents ont prévu de nous faire visiter la région et rien de tel pour oublier les événements antérieurs. Adrian a été un peu déboussolé lorsqu'il a parlé avec la mère de Valens. Ce jour-là, nous sommes retournés immédiatement à la maison puis nous avons passé l'après-midi à regarder des comédies à la télé. C'était mon idée et ça nous a fait un bien fou. J'ai aimé le voir rire. Parfois aux éclats. Il fallait qu'on chasse toute l'amertume que nous possédions.

Les cauchemars s'estompent, ils deviennent rares. Valens et Vanessa ne viennent plus trop perturber mes nuits. Non, à la place je rêve de bébés, ce qui me fait sourire lorsque je me réveille. Adrian me questionne à chaque fois, mais je ne lui révèle rien. Je lui dis que je rêve de lui et c'est suffisant pour le voir heureux et qu'il me fasse tourner la tête dans des plaisirs charnels.

Je me suis toujours dit que je ne voulais pas d'enfant pour le moment. Mais peut-être que j'ai besoin de ça pour chasser tout ce qui se passe autour de moi ? Un coup j'en veux un, un coup je me dis qu'il est trop tôt. Je suis indécise. Il faut dire aussi qu'Alicia me parle tellement de sa grossesse… Alors forcément, cette idée me trotte constamment en tête. Mais je ne veux pas non plus que ce soit un sujet de désaccord avec Adrian. Je connais tout ce qu'il a traversé pendant plusieurs mois, quand on était dans le doute pour le bébé de Léa. La vie reprend un rythme normal, donc hors de question de tout gâcher.

Non, pas de bébé, Zoé ! Mais c'est tellement mignon que lorsque j'en vois un, je fonds comme une guimauve qui s'écrase lentement entre mon palet et ma langue pour me laisser un goût appétissant et sucré dans la bouche.

— Ma puce… à quoi penses-tu ? me demande Adrian en me bousculant légèrement l'épaule.

Je sursaute, le cœur bondissant dans ma poitrine. Je me sens rougir.

— Euh… à rien. Je regardais les fleurs. Elles sont magnifiques.

Il m'observe avec suspicion.

— Mouais… Tu semblais bien pensive. Tu es certaine que tout va bien ?

Il m'attire contre lui puis enroule ses bras autour de ma taille. Ses beaux yeux lumineux ancrés dans les miens me font l'effet d'une douceur sur ma peau, telle une plume qui vient me caresser. Il est trop beau, mon voyou. Je suis amoureuse de lui et là… je veux qu'il me fasse un bébé.

Non, Zoé ! Tu deviens folle ou quoi ?

Je lui offre un sourire penaud avant de lui répondre :

— Tout va bien. L'air du Sud me rend déjà heureuse.

— Ça va nous faire du bien. On est loin de tout, ici.

Il me dépose des baisers tendres dans le cou puis il remonte jusqu'à ma bouche. Nos langues s'enroulent, se caressent fébrilement tandis que mes mains s'égarent dans ses cheveux. Je les tire, ce qui le fait grogner, puis rire. Mes fesses percutent la carrosserie de la voiture et s'il pouvait, il me ferait grimper dessus pour m'explorer davantage. La chaleur m'envahit et si mon père ne se raclait pas la gorge derrière nous, je suis certaine que je serais déjà à poil. Quoique… je ne serais pas capable de m'exhiber à la vue de tous. Mais mes hormones me jouent des tours ! Il faut vraiment que je chasse cette idée de bébé de ma tête sinon je vais devenir comme Adrian, c'est-à-dire : accro au sexe. Bon OK, je le suis également, mais pas autant que lui. Lui, c'est carrément une obsession.

— Maman va être ravie que vous vouliez lui faire un petit-fils ou une petite-fille, mais je pense qu'il va falloir que vous attendiez ce soir après le repas.

Adrian rigole, sans gêne, et lui serre la main.

— Désolé… Elle s'est jetée sur moi et je n'ai pas résisté à l'embrasser sauvagement.

Je lui fais les gros yeux. Mais il est fou de dire ça à mon père ! Mais quelle honte, je vous jure ! Bien sûr, ça le fait rire de plus belle. Mon père l'imite.

— Arrête de dire des bêtises, m'exclamé-je en lui mettant une petite tape sur le bras. (Je me tourne vers mon père en prenant un timbre plus doux). Bonjour, papa. Comment vas-tu ?

— Ça va, mais c'est surtout à toi de me dire si tu vas bien.

Il m'entoure de ses bras et m'embrasse le front.

— Je me sens mieux.

— J'en suis ravi. Ta mère est partie faire quelques courses, mais elle va bientôt arriver.

Il me lâche puis il suit Adrian vers le coffre. Il prend ma valise et nous fait un signe de tête de le suivre.

— Je vous ai préparé un bon petit repas. Vous devez être affamés. Tu aimes la bouillabaisse j'espère, Adrian ?

— Je ne connais pas, mais je ne suis pas difficile.

Lucky, le chow-chow de mes parents, qui a bien grandi et surtout grossi, attrape le bas du jean d'Adrian lorsque nous pénétrons dans la maison. Mon père lui râle dessus, ce qui le fait fuir, puis il nous guide jusqu'à la chambre où j'ai séjourné la dernière fois.

— Je vais retourner à mes fourneaux. Faites comme chez vous.

Mon père pose la valise à terre puis disparaît de la chambre, un petit sourire aux lèvres tandis que Lucky entre, la langue qui sort de sa gueule et la queue qui remue.

— Il est trop beau, ce chien, dit Adrian en se penchant pour le caresser. On dirait un nounours. Tu ne trouves pas qu'il ressemble à Chewbacca ?

J'éclate de rire.

— Un peu, oui.

— J'en veux un.

— T'es pas sérieux ?

Il se redresse et hausse les épaules.

— Je ne sais pas… ça pourrait nous faire une belle petite compagnie.

J'installe ma valise sur le lit.

— On a déjà Stitch pour compagnie.

— Oui, mais il ne m'aime pas, ton chat.

Il n'a pas tort. Chaque fois qu'Adrian veut le caresser, il sort ses griffes. D'ailleurs, il faut que je demande de ses nouvelles à Alicia. C'est elle qui s'en occupe pendant notre séjour. Il me manque déjà, mon petit bébé chat.

— Je ne pense pas que ce soit une bonne idée, dis-je en ouvrant ma valise. Chien et chat ne font généralement pas bon ménage.

J'attrape une robe rose à fines bretelles puis m'assieds sur le bord du lit. Adrian se pose à côté de moi puis me l'arrache des mains, les yeux emplis de malice. Et de désirs. Oh non ! S'il commence à me toucher, je vais exploser. J'ai l'impression d'être une chatte en chaleur. Heureusement que je ne me mets pas à miauler comme ces félins. On me prendrait pour une folle. J'ai besoin d'un éventail ou d'un ventilo pour me rafraîchir un peu. Ou une douche tiède, voire glaciale, mais je ne vais pas apprécier. Mes hormones sont en ébullition. Franchement, je ne me reconnais plus. Et rien qu'à me regarder de cette façon, des papillons se manifestent dans mon bas-ventre.

Ferme les yeux, Zoé. Maman va arriver d'une minute l'autre. Ce n'est pas le moment. Ah lala ! Que c'est dur ! Cet homme m'hypnotise et il le sait, car son sourire en dit long.

— Bon... si tu ne veux pas, alors fais-moi un gros câlin et t'es pas obligée de mettre cette robe.

Il la balance derrière lui puis me fait allonger sur la housse de couette rose. Mon cœur s'affole lorsqu'il pose sa main sur le bouton de mon pantalon. (Un pantalon qui a failli se retrouver plusieurs fois à la poubelle, car Adrian n'aime pas quand je couvre trop mes jambes). Il va me le retirer. Oh oui ! Mais la porte est ouverte ! Ça me fout la trouille. J'ai tellement peur que quelqu'un entre. Mes mains se mettent à trembler.

— Il faut que tu arrêtes, le repoussé-je d'une main sur son torse.

Il se lèche la lèvre inférieure avec lenteur. Oh ! Purée !

— Pourquoi ?

Mes lèvres s'ouvrent, mais il n'attend pas de connaître ma réponse. Il écrase sa bouche chaude et humide contre la mienne puis m'embrasse sans ménagement, me provoquant une déferlante de spasmes dans le bas ventre. Ne contrôlant plus ce désir fou qui me possède, je passe mes mains sous sa chemise à carreaux rouge et blanche. Il grogne quand je le caresse et ça m'enfièvre encore plus. Je ne me soucie plus de la porte. Je suis perdue dans une bulle emplie d'étoiles scintillantes qui ont la couleur d'un arc-en-ciel. Ses baisers sont explosifs et j'en suis dingue.

Il quitte mes lèvres pour plonger son regard brûlant dans le mien, qui doit avoir le même aspect :

— Tu veux toujours que j'arrête ?

Il m'embrasse derrière l'oreille tandis que je me mordille la lèvre inférieure.

Il me murmure d'un timbre mielleux :

— Alors… Qu'est-ce que tu veux, Zoé ?

— Je… je

Mon cœur bat si vite lorsqu'il me lèche l'oreille. Là, j'ai un million de papillons qui me chatouillent le bas du ventre.

— J'attends ta réponse, insiste-t-il en pressant son érection contre mon intimité qui grouille également d'impatience.

Il se frotte contre moi. Encore et encore. Lentement. S'il continue comme ça, je vais avoir un orgasme alors qu'il ne m'aura même pas pénétrée. Je n'en peux plus. J'ai trop chaud. Il faut qu'on retire nos vêtements. Alors, je lui ordonne d'une voix suppliante :

— Fais-moi l'amour maintenant, je t'en prie. Je n'en peux plus.

Son sourire devient aussi large que celui d'un clown. Il est aux anges et moi en feu.

Alors que je m'apprête à lui déboutonner son jean, j'entends un rire tonitruant qui résonne dans la chambre. Prise de stupeur, je décale ma tête sur ma gauche et aperçois ma mère, vêtue d'une robe blanche à fleurs bleues, coiffée d'un chignon bas.

Elle dit d'un ton haut et fort :

— Chéri ! On va avoir un deuxième petit-fils ou petite-fille ! C'est le plus beau jour de ma vie !

Quel embarras ! Et il faut qu'Adrian en rajoute une couche :

— Veuillez fermer la porte, Madame. On en a pour une demi-heure. Ou une heure. Tout dépend comment les choses vont se dérouler.

Je voudrais être une petite souris pour me cacher. Il a toujours le don pour me mettre mal à l'aise, mais également pour me faire pouffer de rire.

— Pousse-toi, crié-je en me tortillant sous lui. Tu me fais honte !

— Ah bah c'est toi qui voulais me déshabiller. Moi je t'ai juste embrassée et tu as eu directement le corps en feu.

— Qu'est-ce qu'il ne faut pas entendre. Allez… pousse-toi.

Il me fait un bisou sur le front avant de me libérer puis se met à rire aux éclats. Ma mère fait semblant de faire la moue en incurvant ses lèvres et lâche :

— Oh ! Quel dommage ! Il va falloir que j'attende encore un peu.

J'avance vers elle et l'embrasse sur la joue. Il faut que je sème le doute sur mon envie d'en avoir un. C'est juste une lubie. Je sais que ça me passera, mais avec une sœur qui va m'en parler sans cesse, ça risque d'être compliqué.

— Tu vas en avoir un dans quelques mois. Ne désespère pas !

Elle cale une mèche de mes cheveux derrière mon oreille.

— Oui, c'est vrai. Mais j'aurais été doublement heureuse.

Elle sourit. Elle est si belle, ma mère.

— Un jour, maman. Je te promets que tu seras comblée comme une reine.

Elle me serre dans ses bras puis dépose un baiser sur ma joue.

— J'espère que vous avez fait bon voyage.

— Oui, ça va, dans l'ensemble. La circulation était dense.

— Parfait.

Elle consulte l'heure sur sa montre et forme un « O » avec sa bouche.

— Oula ! Il faut que je me dépêche. Jamie va arriver d'ici une petite dizaine de minutes. Je lui ai dit de passer pour 19 heures. Ça ne vous dérange pas ?

J'ai envie de sauter de joie. J'adore Jamie et j'ai très envie de le revoir.

— Bien sûr que non...

— Bon… et bien, je vais décharger les courses. Je n'ai plus de temps à perdre.

Elle disparaît de la chambre en un éclair. Je voulais la rejoindre pour l'aider, mais Adrian se jette sur moi, me porte comme une princesse, et tout ça en me souriant de toutes ses dents.

— Dix minutes. On peut y arriver.

Il me décoche un clin d'œil puis me balance sur le lit. Waouh ! Il est enragé comme un lion prêt à sauter sur sa proie. Ses pupilles reflètent un désir flamboyant. J'en suis folle. L'adrénaline se met à pulser dans mes veines.

Non, les hormones ! Stop ! Ressaisis-toi, Zoé ! Ce n'est pas le bon moment ! Mais comment résister quand il me grimpe dessus comme un redoutable prédateur énervé ? Non, ça ne va pas être possible ! Jamie va arriver d'une minute à l'autre ! Stooop !

— Adrian… arrête… j'ai une grosse envie de faire pipi.

Il ne m'écoute pas. Il m'embrasse le cou et le lèche. Ça ne va pas le faire.

Je pose mes mains sur son torse et le pousse.

— Je t'assure que c'est vrai. Laisse-moi aller aux toilettes et je reviendrai en te faisant grimper aux rideaux.

Il cesse de m'embrasser et plante ses yeux noirs de désirs dans les miens.

— Tu as intérêt, car Popol bande comme un âne. Et c'est moi qui vais te faire grimper aux rideaux, ma belle. Crois-moi… Je vais te faire passer un moment de folie.

— Je reviens, promis.

Chapitre 29
La cartouche
Sébastien Patoche

Adrian

Cinq minutes plus tard, j'attends toujours comme un con dans cette chambre colorée de rose et de gris, mon sexe gonflé à bloc. Ça en devient même douloureux. Dès qu'elle reviendra, je vais lui faire l'amour comme un diable et non comme un dieu, car mes envies sont brûlantes. J'ai passé plus de dix heures sur la route, mais je ne suis pas fatigué. J'ai encore de l'énergie pour ma nana. Ma nana qui me surprend. Dès qu'elle m'a demandé de lui faire l'amour, comme si sa vie en dépendait, j'ai eu envie de lui arracher son pantalon et de la prendre fort contre un mur. Dommage que sa mère soit intervenue au mauvais moment.

Je me hisse hors du lit et la vois passer comme une gazelle devant la chambre. Elle ne s'arrête pas. Mais qu'est-ce qu'elle fout ? Où va-t-elle ? Elle m'avait promis qu'elle reviendrait, mais lorsque je jette un œil dans le couloir, je m'aperçois que notre plan tombe à l'eau. Ses joues se posent sur celles de Jamie et rien de tel pour que mon érection dégonfle comme un ballon de baudruche. Il est accompagné de son fils. OK, j'ai compris. Je mets en pause mon fusil et je lui mettrai une cartouche plus tard. Putain, fais chier !

J'avance vers eux, un sourire forcé aux lèvres, et serre la main à ce moniteur, qui est vêtu d'un tee-shirt noir où est écrit en gros « Led Zeppelin » et d'un bermuda gris anthracite déchiré à plusieurs endroits. Il a attaché ses cheveux en chignon flou comme une gonzesse.

— Salut ! fait-il en secouant fortement ma main.

Je me force à garder mon sourire et me retiens de faire une grimace pour ne pas lui faire comprendre qu'il y va un peu fort dans sa poignée de main. Je me sens soulagé quand il la lâche.

— Salut, répété-je en passant un bras derrière le dos de Zoé. Ravi de te revoir.

— Également… Vous avez fait bonne route ?

— Oui, ça va, impeccable.

Il tourne la tête vers Zoé et lui offre un sourire qui m'énerve. Un large qui montre ses dents d'un blanc immaculé. Celui qui ferait tomber toutes les nanas à ses pieds. Rien à faire, je reste sur mes gardes. Il a intérêt à ne pas trop s'approcher d'elle s'il veut garder sa tronche de beau gosse. Mais je sais très bien que ça n'en arrivera pas là. Je suis juste jaloux comme un coucou et c'est limite horrible. J'ai confiance en Zoé, mais alors en les hommes… c'est toute une autre histoire.

Nous pénétrons dans le salon et prenons place autour d'une grande table rectangulaire drapée d'une nappe blanche et d'un parchemin rouge. Zoé est entre Jamie et moi, ce qui ne m'enchante pas. J'aurais préféré qu'il s'installe dans le panier du chien, mais je vais m'abstenir de le lui dire. Cette pensée me fait rire dans ma barbe, ce qui intrigue Zoé, mais je lui fais juste comprendre que ce n'est rien, que je me remémorais une connerie.

Le père de Zoé fait le service pour l'apéro. Il me sert une vodka orange. Quant à Zoé, elle a l'air de vouloir rester sobre ce soir puisqu'elle a demandé un simple verre d'eau.

Pendant un certain laps de temps, nous discutons de notre nouvelle petite vie. Les parents de Zoé se montrent très curieux et Jamie attentif à ce que nous racontons. Zoé leur explique qu'elle n'a plus besoin de se confier au psychologue et qu'elle se sent beaucoup mieux, qu'elle reprend goût à la vie et que ses danseuses sont au point pour le gala de fin d'année. Elle est ravie lorsqu'ils lui disent qu'ils viendront nous voir à cette période-là et moi un peu moins quand Jamie lui annonce qu'il fera son possible pour venir.

Zoé boit une gorgée de son verre d'eau et dit :

— Je pense que je vais pouvoir passer le code d'ici une dizaine de jours. Je sens que je vais faire un sans-faute.

— Ah oui ? Tiens, si on faisait un test pour voir, lui propose Jamie, tout enthousiaste.

— Oh oui, vas-y. Je t'écoute.

Elle tapote sur la table pour exprimer sa joie. Je ne doute pas qu'elle aura bon à toutes les questions qu'il lui montrera, puisqu'elle a toujours le nez sur sa tablette. L'envie de conduire la passionne énormément. Elle est à l'affût de mes moindres faits et gestes lorsque je conduis. J'ai voulu lui apprendre les bases sur un parking, mais elle n'a pas voulu. Elle avait peur de rentrer dans une bagnole et de foutre ma caisse en l'air.

Jamie sort son téléphone d'une sacoche. Il pointe l'écran devant ses yeux et se met à lire. Bon et bien, je n'existe plus. La mère de Zoé se joint à eux et applaudit quand Zoé donne une bonne réponse. Super ! C'est d'un ennui profond. Je vais aller fumer, ça m'occupera un peu.

Je me lève et me dirige vers la porte-fenêtre. Il fait encore bon dehors et c'est agréable. J'allume une clope et fais quelques pas dans le jardin. La vue est imprenable. Il y a une belle piscine qui me donne déjà de jolies idées. Je me vois attirer Zoé dans un coin et la rendre complètement cinglée. Ses seins dans mes mains, ma bouche fiévreuse contre la sienne, ma langue qui se déchaîne à lui faire perdre la tête. Stop ! Il faut que j'arrête de penser au sexe. Mon fusil est en train de se mettre de nouveau au garde-à-vous. Putain de merde ! Cette nana m'excite alors qu'elle n'est même pas avec moi.

— Tout va bien, Adrian ? s'élève derrière moi la voix d'un homme.

Je sursaute et me retourne. C'est son père qui tient son verre de whisky dans une main. Il me fait penser à un homme d'affaires, habillé d'un costume gris clair et de chaussures noires bien cirées.

— Merci, oui. Tout va bien.

— Tu es déjà venu par ici ?

Je secoue la tête.

— C'est la première fois. J'ai souvent voyagé étant jeune, mais mes parents aimaient plutôt les terres que passer du temps sur les plages.

Il avale une gorgée de son whisky et poursuit son interrogatoire :

— Quels genres d'endroits as-tu visités ?

Je tire sur ma clope avant de lui répondre :

— Ils aimaient aller aux gorges du Verdon. C'est un lieu splendide. Vous connaissez ?

Il secoue la tête.

— J'ai déjà vu des photos. C'est vrai que ça a l'air d'être un chouette endroit. J'irai un de ces quatre. Ce n'est pas si loin d'ici.

— C'est l'endroit de mes rêves. Si Zoé le veut bien, on habitera dans ce coin-là plus tard.

Il m'adresse un sourire puis me tapote l'épaule.

— Tu es un bon p'tit gars. Je suis heureux de voir que tu prends soin d'elle.

Je suis prêt à lui répondre, mais c'est à ce moment-là que mon téléphone se met à vibrer.

— Je te laisse, fait-il avant de tourner les talons.

Je le sors de la poche de mon jean et découvre avec horreur le nom « Papa » sur l'écran. Qu'est-ce qu'il me veut ? Il ne m'a pas envoyé de messages ni même passé un coup de fil depuis mon retour à la maison. C'est seulement maintenant qu'il se réveille ? Putain ! Il me gonfle. Mais je suis curieux de savoir pourquoi il essaie de me joindre.

Je décroche.

— Allô.

— Bonsoir, mon fils. Je viens aux nouvelles.

Je ricane amèrement, jette ma clope à terre, l'écrase avec ma basket puis reprends le mégot dans ma main.

— Que veux-tu savoir au juste ?

— Si tu vas bien.

Je lève les yeux au ciel tout en marchant dans le jardin. Je trouve un seau. J'en profite pour balancer mon mégot dedans.

— C'est seulement maintenant que tu me le demandes ? Ça fait un mois que ça s'est passé. Il y a de l'eau qui a coulé sous les ponts depuis.

— Je sais, mais je n'ai pas souvent le temps et…

Je le coupe, en colère, ma main libre enfouie dans mes cheveux :

— On trouve toujours le temps pour envoyer un message. Ne me dis pas que tu bosses jour et nuit ? J'ai l'impression de ne plus avoir de père depuis que tu es parti en Suisse. Tu es quasi inexistant. Tu es devenu un fantôme, putain !

Je peste quelques grossièretés tout en donnant un coup de pied dans l'herbe. Au début, il m'envoyait un message par mois, mais ceci n'a duré qu'un temps. Au fil des années, les appels et les messages se sont faits rares. Généralement, il m'en envoie un pour mon anniversaire (et encore ! L'année dernière, il l'a zappé), un à Noël (qu'il a zappé également), Nouvel An (Je ne me souviens pas non plus d'en avoir reçu un) et puis… c'est tout. Ça fait quand même peu. Et qu'il ne dise pas que c'est ma faute, car au début, je le faisais, mais je n'avais jamais de réponses. J'en ai eu assez et j'ai laissé tomber.

— Je suis désolé, fiston. Je sais, j'ai déconné, mais dorénavant je prendrai plus de nouvelles.

Laissez-moi rire ! Comme si j'allais le croire.

— Ça ne sert à rien. Il est trop tard.

Et je raccroche, énervé comme jamais. Super ! Il vient de foutre en l'air ma soirée ! Moi qui voulais me changer les idées… C'est raté ! Mais quel crétin, bon sang !

Je fais quelque pas pour me calmer, rallume une clope et essaie de faire le vide dans ma tête. Je suis venu dans le Sud pour décompresser, alors ce n'est pas lui qui va tout gâcher. Je n'aurais pas dû décrocher. Je le savais, mais ç'a été plus fort que moi. Je suis con, aussi.

Allez, détends-toi, Adrian ! Tout va bien se passer !

Ici, je vais voir d'autres paysages et je vais passer de bons moments avec la famille de Zoé. J'aime bien ses parents. Ils sont sympas et sa mère me fait rire. Je me souviens de la conversation que j'ai eue avec elle au réveillon de Noël. Elle semblait choquée lorsque je lui ai dit que j'allais lui fabriquer un petit-fils ou une petite-fille, mais maintenant, elle se prend au jeu. Mon cœur s'apaise rien qu'à y penser. Elle a une belle famille. J'aurais aimé en avoir une du même genre, mais malheureusement ça n'a jamais été le cas.

Après avoir fini de fumer, je me dirige vers la terrasse et aperçois Zoé qui sort de la maison, un grand sourire aux lèvres. Elle se jette sur moi, enroule ses bras autour de mon cou et m'embrasse comme une folle, de plusieurs petits baisers.

— Je suis trop contente. Jamie vient de me proposer de faire mes premières leçons de conduite ici. Je pourrais passer le reste dans une autre auto-école.

Oh ! Super !

Je lui souris d'un air contrit, ce qui lui fait froncer les sourcils.

— Tu n'es pas content ?

Elle me lâche.

— Si... C'est super.

Elle croise les bras sur sa poitrine et claque son pied frénétiquement sur le sol.

— Super ? C'est tout ce que ça te fait ?

Si ça continue, je vais fumer entièrement mon paquet de clopes.

— Désolé. J'étais ailleurs.

Je passe mon bras derrière sa taille et la ramène contre moi.

— Je suis content pour toi, tant que ça ne monopolise pas toutes nos vacances.

Je me rends compte que je lui ai dit ça d'un timbre triste, ce qui l'intrigue, car elle ne quitte pas mon regard et attend sûrement que je poursuive. Comme on s'est toujours dit de tout se raconter, je lui avoue :

— Écoute… j'ai eu un appel de mon père et ça m'a un peu déboussolé.

— Ton père ? Qu'est-ce qu'il voulait ?

Je lâche un petit soupir.

— Prendre de mes nouvelles.

— Oh…

Je plonge mon nez dans ses cheveux et les hume. Une envolée de frissons me parcourt, car sa présence est ce qu'il y a de mieux pour que je m'apaise.

— Et donc ?

— Eh bien… (je la lâche, mais je lui prends la main) je lui ai dit ce que je pensais de lui et j'ai raccroché. Et personnellement, je n'ai plus envie d'en parler. Mon père ne changera jamais. Il est dans son monde et je ne dois pas compter pour lui. Et c'est la même chose pour ma sœur. Il a décidé de faire sa vie et nous oublier. Si c'est son choix, alors pour moi, il n'existe plus.

Je fais un pas en avant, mais elle se met face à moi puis pose sa main chaude sur ma joue.

— Je comprends ce que tu ressens. Je n'accepterais pas que mes parents me rejettent de cette façon. Mais sache que moi je suis là et ma famille est désormais la tienne aussi. Il faut compter sur les personnes qui t'entourent, les personnes qui t'aiment et qui pensent à toi.

Je lui envoie un petit rictus, prends sa main dans la mienne et l'embrasse.

— Merci. Tu es adorable. Si un jour on a des enfants, je te prie de croire qu'ils auront un papa extraordinaire. Je ne les abandonnerai jamais. Je ne serais pas comme lui.

Une lueur de bonheur traverse ses yeux.

— Je n'en doute pas. Tu seras le meilleur.

Et elle se hisse sur ses pieds pour m'embrasser tendrement.

— Rentrons, maintenant… Tes parents vont se demander ce que nous faisions.

Elle hoche la tête et m'envoie un sourire merveilleux. Ma beauté. Elle pourra compter sur moi. Toujours.

***

Il est passé minuit lorsque Jamie et son fils quittent la maison des parents de Zoé. Je dois admettre que ce moniteur a été sympa. Il n'a pas cherché à tourner autour de ma belle et il m'a même adressé la parole plusieurs fois durant cette soirée. Il a programmé 6 heures de conduite à Zoé, ce qui n'est pas la mer à boire. J'avais peur qu'il s'incruste trop dans nos vacances, mais apparemment il a un planning chargé.

Finalement, mon humeur s'est radoucie puisque j'ai chassé mon père de ma tête. J'ai apprécié la bouillabaisse, un plat à base de poisson que sa mère m'a servi deux fois. J'aurais pu manger une troisième assiette, mais ça aurait été de la pure gourmandise et mon estomac était déjà bien rempli.

Nous nous dirigeons vers notre chambre, main dans la main. Une fois arrivés devant le lit, je bouscule Zoé dessus et grimpe sur son corps. Je pose mes lèvres sur les siennes tout en fermant les yeux puis infiltre ma langue dans sa bouche. Immédiatement, ses mains plongent dans mes cheveux et ses jambes encerclent mon bassin. J'aurais bien continué ce que nous avions entrepris avant que Jamie fasse son apparition, mais je me sens naze. Je risque de ne pas être performant. Mais je me rattraperais parce que là, le fusil est en mode repos. Je lui mettrai autant de cartouches qu'elle voudra à partir de demain. Je veux que ces vacances soient inoubliables.

Chapitre 30
La vie est belle
Nassi

Zoé

Depuis une semaine, je suis aux anges. La vie est belle, ici. On ne se soucie de rien. On passe notre temps à visiter la région, à se prélasser au soleil, à se reposer et… à faire l'amour comme des bêtes. Et ne croyez pas que c'est Adrian qui me chauffe sans arrêt. C'est moi. Mon esprit perd tout contrôle, car mon obsession d'avoir un bébé est toujours présente, ce qui commence à laisser des doutes à Adrian. J'ai volontairement oublié une fois ma pilule, mais j'ai continué à la reprendre normalement les jours qui ont suivi.

Il y a deux jours, sous sommes allés à Fréjus. C'était une belle journée ensoleillée. Nous avons mangé une bonne glace en longeant le front de mer, nous sommes montés dans la grande roue puis nous nous sommes assis sur le sable à regarder la mer. À un certain moment, j'avais les pupilles qui brillaient en admirant un couple faire un château de sable avec leur petit garçon. Je me suis imaginée être à la place de cette maman, heureuse, qui rigolait aux éclats quand le petit jetait du sable dans les cheveux de son papa. Adrian ne m'a pas posé de question, mais il a bien vu que ce moment de joie me touchait beaucoup.

C'est ça que je veux. Être une famille épanouie, emplie d'amour. J'ai eu un égarement nostalgique en pensant à mes parents morts que je n'ai jamais connus. Est-ce qu'ils auraient été comme ce couple ? À m'aimer de cette façon ? Ma maman adoptive m'a souvent parlé d'eux et elle m'a souvent dit qu'ils m'aimaient de tout leur cœur. J'allais de temps en temps les voir au cimetière, mais les visites se sont estompées au fil du temps. Toutefois, je ne les oublie pas. Les photos que j'ai d'eux sont mes souvenirs et ils sont rangés précieusement dans une armoire. Je les sors quand j'en ai envie.

J'ai eu un peu de peine pour Adrian lorsqu'il a évoqué sa relation avec son père, mais je ne lui en ai pas reparlé depuis. Je ne pense pas qu'il renouera des liens avec lui, ce que je peux comprendre. Son absence a laissé trop de séquelles. Adrian lui en veut énormément. Mais à la place, il peut compter sur mes parents. Jusqu'à présent mon père s'est montré très complice avec mon voyou. Je suis même étonnée qu'il ait réussi à sortir de sa caverne. Il a toujours été de nature à être un ours, mais il a fait de nombreux efforts cette semaine.

Nous avons pris la route de la corniche d'or qui surplombe la Méditerranée. C'était grandiose. J'en ai pris plein les yeux avec ces massifs rouges de l'Esterel qui se jettent dans le bleu turquoise de la mer. Adrian a pris énormément de clichés. Il m'a dit qu'il m'en ferait un album souvenir. Ensuite, mon père nous a montré une ville qu'il apprécie beaucoup, celle de Cagnes-Sur-Mer. Nous nous sommes arrêtés sur la plage de sable fin où Adrian et mon père se sont baignés tandis que ma mère et moi avons passé le temps au soleil à papoter de tout et de rien. Enfin… on a surtout parlé de ma sœur et de son futur bébé.

Ma mère était tellement heureuse de m'en parler et moi… eh bien… j'ai toujours envie d'en avoir un. C'est horrible ! Ça devient une obsession.

Le jour où j'ai passé mes deux premières leçons de conduite (qui ne se sont pas avérées catastrophiques), mon père a emmené Adrian à un domaine viticole où il a visité des caves et a dégusté des vins proposés. Ils sont revenus avec une dizaine de bouteilles, de quoi faire une fiesta géante puisque nous en avons déjà quelques-unes en réserve. Je suis tellement heureuse qu'ils s'entendent aussi bien. Ces vacances feront partie des meilleures de mon existence.

Je saute dans le lit et me réfugie sous la couette, nue, tout en dégageant un petit rictus coquin lorsqu'Adrian entre dans la chambre. Il vient de sortir de la douche et je salive déjà de le voir torse nu, les cheveux mouillés.

Il ferme le verrou et s'approche de moi, en se frottant la tête avec une serviette blanche, vêtu uniquement d'un boxer. Le sourire qu'il m'envoie est chargé de promesses charnelles. Et j'en suis déjà dingue. Tellement dingue que j'en ai des étoiles plein les yeux. J'ai chaud et… je veux qu'il me fasse un bébé, bon sang !

Sa serviette s'échoue sur le parquet et son boxer le suit rapidement, si bien qu'il se retrouve complètement nu lui aussi, me montrant l'envie qu'il a déjà pour moi.

— T'es une cochonne.

Je pointe le doigt vers ma poitrine.

— Qui, moi ?

— Oui, toi, coquine.

Je pouffe de rire tandis qu'il grimpe sur le lit comme un félin, les pupilles brûlantes de désir et juste pour ça, mon cœur s'accélère imperceptiblement. Je le veux déjà en moi et je n'attends pas pour passer mes bras derrière son dos et propulser son corps légèrement mouillé contre le mien.

Sans m'en rendre compte, je crie :

— Je veux que tu me fasses un bébé tout de suite, Adrian !

Chapitre 31
Confessions nocturnes
Diam's feat. Vitaa

Adrian

Je hausse un sourcil. Ai-je bien compris ou dois-je lui faire répéter ? Un bébé ? Euh… comment dire ? Je crois qu'elle a de la fièvre.

Je pose ma main sur son front et la scrute droit dans les yeux.

— Tout va bien ? Tu n'es pas malade ?

Ses joues s'enflamment. Elle ne dit rien. Non, elle pince sa lèvre inférieure entre ses dents en me serrant fortement contre elle. J'ai bien remarqué qu'elle avait énormément chaud ces temps-ci. Limite, j'ai eu l'impression qu'elle avait pris possession de mon corps. Dès qu'on se retrouvait seuls, elle ne se gênait pas pour me sauter dessus et faire monter l'adrénaline comme jamais.

J'insiste puisqu'elle ne répond pas :

— Tu en veux vraiment un ou c'est juste pour plaisanter ?

Ce coup-ci, elle bat des cils. OK, il faut qu'on ait une petite conversation.

Je me redresse et m'assieds sur ses genoux, mais ça n'a pas l'air de lui plaire puisqu'elle fronce les sourcils.

Je croise les bras dans l'attente d'une explication.

— Reviens sur moi, j'ai froid, râle-t-elle.

Elle attrape mon bras, mais je l'agite pour qu'elle lâche prise. Elle va se mettre en colère. Aïe !

— Réponds à ma question et je reviendrai.

Elle laisse échapper un juron dans sa barbe puis tourne la tête du côté fenêtre. Bon et bien… Popol est en train de fondre comme une glace.

— Tu es sérieuse ? Tu veux vraiment un bébé ? Tu sais, Zoé… si tu as ce projet en tête, il faut qu'on en parle, qu'on y réfléchisse et qu'on fasse un point sur les pour et les contres. Un bébé, ça change toute une vie et on ne peut pas prendre une décision comme ça à la légère. C'est pour ça que je préfère qu'on se concerte un peu sur le sujet avant de fonder une petite famille.

Je m'allonge maintenant face à elle et passe ma main dans ses cheveux soyeux et lumineux. Elle me regarde enfin, ses yeux dénués d'expressions. Aucun de nous deux ne parle et ce silence commence à me peser.

Je lui murmure en approchant ma bouche de la sienne :

— Je ne veux vraiment pas qu'on s'embrouille pour ça. Je t'aime, mon cœur. Tu es ma petite femme et je compte bien te rendre heureuse toute la vie.

Je l'embrasse. Elle me rend mon baiser. Je suis sur la bonne voie.

— Et aussi te rendre folle, te taquiner, jouer avec tes seins…

Elle rit en me frappant le bras.

— Je sais tout ça, mais…

— Mais ?

— Bah…

Elle ne sait pas quoi dire. Elle papillonne de nouveau des cils. OK, elle est sérieuse avec cette histoire de bébé.

Allez… je tente de lui en reparler…

— Moi aussi je veux qu'on fonde une famille et…

Elle ne me laisse pas le temps de finir ma phrase. Elle se met à rire et en un éclair, elle se retrouve à cheval sur moi. Putain ! Elle est nue.

Ses mains effleurent mon torse et son sourire espiègle qui se forme sur son visage fait soudainement grossir de nouveau Popol. J'ai bien l'impression que je ne saurais rien pour l'instant. Je suis faible quand elle prend les rênes.

✳✳✳

Zoé

Pour gagner son approbation, je vais lui mettre des paillettes dans les yeux. Il a dit qu'il fallait que l'on y réfléchisse, ce qui veut dire que ce n'est pas un non. Je vais faire basculer la balance vers le oui. Il va céder, car je vais lui faire exploser son taux d'adrénaline. Quand je le contemple, j'imagine un petit garçon dans mes bras avec les mêmes yeux bleu clair et des cheveux aussi sombres que les siens. On ne va pas s'embrouiller pour des broutilles. J'en veux un. L'envie devient de plus en plus insistante et s'il n'exauce pas mon souhait, je risquerais de faire un caprice. Je suis vraiment une vilaine fille. Je ne contrôle plus mon corps. Je veux un mini Adrian !

— Touche-moi, Adrian. Je t'en supplie. Fais-moi avoir plein d'orgasmes.

Il me regarde comme si une j'avais une jambe qui avait poussé au milieu de la tête.

— T'as pris des hormones ou quoi ?

J'ai envie de rire.

— Non... j'ai juste envie de toi.

Je prends ses mains et les amène sur mes seins. Il lâche un grognement tellement sexy que je me mets à l'imiter. La tête renversée à l'arrière, je me délecte du plaisir qu'il me procure. Il me les masse généreusement puis titille mes tétons en faisant des petits cercles tout autour.

— T'es vraiment une petite futée pour esquiver les questions, tigresse. Comment veux-tu que je résiste à ton corps aussi merveilleux ?

Je redresse la tête et accroche mes prunelles aux siennes qui sont brûlantes de désir. Mon cœur s'emballe de voir autant de sentiments dans ses yeux. J'en veux beaucoup plus. Je veux qu'il me fasse voyager sans plus attendre.

On reparlera de cette histoire de bébé après...

**

Adrian

— Arrête de parler et rends-moi folle.

C'est elle qui me rend fou. Je ne vais pas savoir résister alors que je veux connaître le fin fond de sa pensée. Mais comment faire quand elle frotte son sexe contre le mien, toujours en me contemplant de son regard malicieux ? La mission s'avère difficile, voire même impossible ! Et elle sait comment s'y prendre pour me faire craquer, car là elle vient de mettre son index dans sa bouche. Elle le suce lentement et fiévreusement, me provoquant une immense vague de frissons puis elle le fourre entre mes lèvres tout en écrasant ses seins contre mon torse. Putain de bordel ! J'ai énormément chaud là.

Allez… je me prends au jeu.

Je le suce avec ardeur en gémissant. Ses yeux s'écarquillent. Je fais ce geste pendant une dizaine de secondes puis je cesse pour l'embrasser comme si ça faisait une éternité que ça nous était pas arrivé. Je fais rouler ma langue contre la sienne dans une très grande lenteur, mes mains derrière sa nuque, et je fourre mes doigts dans sa chevelure tout en la soulevant. J'aime nos baisers. Surtout quand ils sont lents, car ils sont chargés de sentiments. Je pourrais passer des heures à explorer sa délicieuse bouche. Cette fille est tellement enivrante. Toutefois, même si elle a réussi à m'amadouer, je compte bien trouver une tactique pour qu'elle me parle de son envie de bébé.

Je mets fin à notre baiser, l'étreins et la fais rouler sur sa gauche. Me voilà au-dessus d'elle. Je vais lui faire tourner la tête. À une seule condition : qu'elle me dise tout.

***

Zoé

— Tu veux recevoir plein d'orgasmes, c'est ça ?

— N'attends pas. Fais-moi jouir maintenant.

Il se met à rire. Mais pourquoi rit-il ?

— OK. Tu veux que je t'embrasse là ?

Il pose sa main chaude sur mon sexe qui brûle d'impatience. Mais qu'il arrête avec ses questions ! Qu'il s'exécute au plus vite, nom de Dieu !

— Tu n'as pas besoin de me poser la question. Tu sais que tu peux tout te permettre.

Il sourit de toutes ses dents, heureux de cette révélation.

— Ah ouais ? Donc si je te retourne, tu ne verras aucun inconvénient à ce que je touche à ton petit trou ?

Il hausse plusieurs fois les sourcils. Pourquoi ai-je dit ça moi, aussi ? Il sait très bien que ce sera un refus catégorique.

— Tout sauf ça.

Il ricane puis dépose une ligne de baisers sur mon ventre. Je me laisse aller en fermant les yeux. Ma respiration s'accélère à chaque fois que ses lèvres douces et humides touchent ma peau.

Il s'arrête sur le haut de mon pubis, ce qui me fait rouvrir les yeux puis il me demande :

— Donc... tu veux toujours que je t'embrasse en bas ?

Il enfonce un doigt dans ma moiteur tout en observant ma bouche. Je reste coite lorsqu'il le remue en moi. Il sait ce que je désire, il sait que je brûle d'impatience qu'il s'unisse à moi, mais à croire qu'il a envie de m'agacer, car il cesse, se redresse et continue son interrogatoire :

— Tu ne m'as pas répondu.

Il plaque ses mains de chaque côté de ma tête sur le matelas et plonge son regard fiévreux dans le mien. Mon cœur s'affole.

— Adrian... je t'en prie. Arrête de me rendre folle.

— J'ai besoin de l'entendre. Dis-moi la vérité.

Il approche sa bouche de la mienne. Son souffle chaud me chatouille les lèvres. Sur l'instant, j'ai l'impression qu'il va m'embrasser, mais au lieu de ça, il frotte son nez contre le mien, ce qui me provoque malgré tout une vibration entre les jambes.

— Je continue à une condition.

Quoi ? Qu'est-ce qu'il raconte ? Et pourquoi se redresse-t-il tout en croisant les bras sur son torse ? Son petit côté Joe est de retour. Je sais ce qu'il veut entendre et si je veux qu'il m'emmène sur notre galaxie, j'ai plutôt intérêt à lui dévoiler ce qui me trotte en tête depuis quelques jours.

Allez, Zoé! Courage!

***

Adrian

— Que veux-tu savoir ? me demande-t-elle en papillonnant des cils.

— À ton avis ? Parle-moi de tes envies.

Ses joues rosissent.

— J'ai envie de toi.

— Et ?

Elle baisse les yeux, puis elle finit par m'avouer :

— Et d'avoir un bébé.

Waouh ! Ça fait un drôle d'effet de vraiment l'entendre.

— Pourquoi ? Pourquoi maintenant ? Qu'est-ce qui te donne autant envie d'en avoir un alors qu'on a encore tout le temps devant nous ?

Elle hausse les épaules en me regardant timidement.

— Je pense que c'est le fait que ma sœur m'en parle souvent et je me suis dit que ça donnerait une autre tournure à notre vie. Tu crois que c'est une mauvaise idée ?

J'espère que mon choix ne va pas la peiner, mais je ne pourrais pas lui offrir ce présent après tout ce que j'ai traversé ces temps-ci. Il va falloir qu'elle fasse preuve de patience.

Je décroise mes bras et apporte une main à sa joue en plongeant mes yeux dans les siens. Elle me sourit, mais ce n'est pas le sourire que j'affectionne tant. Celui-ci est teinté de déception, car elle sait très bien ce que je vais lui dire. Mais je préfère ne pas lui mentir. On s'est toujours dit de se dire la vérité. Il est trop tôt. Ça ne fait pas encore un an qu'on est ensemble et personnellement, je souhaiterais lui demander sa main avant. Faire les choses dans le bon ordre. Mais pour ça aussi, il me faudra un peu de temps. Je sais qu'elle n'est pas Léa et que je peux avoir confiance en elle, mais cette fille que j'ai aimée et que je devais épouser m'a laissé quelques séquelles. Zoé est tout pour moi. Je sais que c'est elle la femme de ma vie, et quand je lui ferai ma demande, ce sera le jour le plus merveilleux de sa vie. Je veux faire les choses bien.

— Je ne pense pas encore être prêt pour ça, mais je te promets qu'on en aura. Je ne veux pas que tu m'en veuilles. Je veux juste profiter de toi, qu'on fasse des voyages, qu'on s'éclate, qu'on ne pense qu'à nous dans un premier temps.

Elle lâche un soupir, chope ma main et pose ses lèvres dessus.

— Je sais, Adrian. Mes hormones m'ont vraiment joué des tours et je respecte ta décision. Je sais que tu as tout à fait raison. Je me suis un peu emportée, mais j'attendrais tout le temps qu'il faudra, car je ne pourrais jamais faire ma vie sans toi. Je t'aime trop. Je ne veux pas qu'on s'embrouille pour ça.

— Il n'y a pas lieu de s'embrouiller, c'est pour ça qu'il faut mettre les choses à plat et en parler calmement. Je t'aime aussi, ma puce et je te jure qu'on va s'exercer souvent pour que notre bébé soit le plus beau sur terre. Je veux qu'il soit aussi magnifique que toi.

Elle rit. Un rire qui la fait pleurer de joie.

Je prends son visage en coupe et l'embrasse avec intensité. Mon baiser est si fiévreux qu'il me fait tourner la tête. Je plane. On a tout le temps devant nous et je promets que sa vie sera comme un conte de fées. Plus rien ne viendra nous perturber. Eh oui, j'ai le droit de rêver, mais je la protégerai et elle sera comblée.

Chapitre 32
Un homme heureux
William Sheller

Adrian
Le 12 juin, le jour du gala de danse.

— Il fait chaud, ici, s'exclame ma mère en agitant un programme devant son visage.

Je me mets à rire et lui chuchote à l'oreille :

— C'est ça, la vieillesse. Ta ménopause te joue des tours.

Elle me lance un regard noir et me frappe avec son morceau de papier.

— File, au lieu de dire des bêtises.

— Je ne dis jamais de bêtises. C'est la stricte vérité. Tes bouffées de chaleur sont bien dues à quelque chose.

Elle se met à grogner, prête à me taper de nouveau, mais je me précipite pour me cacher derrière ma sœur, comme un gosse qui a commis une bêtise.

— Elle n'est pas gentille, maman.

Juliette incline la tête pour me regarder et plonge ses yeux bleus dans les miens.

— Gros gamin ! Fous la paix à maman et va rejoindre Zoé.

Je me sauve avant qu'elle se mette à me frapper elle aussi. J'aime les emmerder. C'est un de mes passe-temps préférés, mais sans moi, elles s'ennuieraient. Il ne faut pas qu'elles disent le contraire.

Ma sœur et ma mère viennent nous rendre visite au moins une fois par semaine. Elles se sont beaucoup rapprochées de Zoé, ce qui me rend heureux. Nous pouvons compter sur elles, contrairement à mon père qui ne s'est pas manifesté depuis nos vacances à Saint-Raphaël. En réalité, je m'en contrefiche de ne pas le voir, car l'important est d'être entouré des personnes qui nous aiment. C'est ce que Zoé me répète souvent et elle a raison.

Je grimpe les six marches qui mènent à la scène et me réfugie derrière le grand rideau noir. J'aperçois Zoé de dos, somptueuse dans sa robe noire effet rock qui lui arrive au-dessus des genoux, coiffée d'un chignon haut. Elle est face à une dizaine d'élèves et elle leur donne des instructions.

Je m'en approche discrètement en contemplant son superbe postérieur et chatouille sa nuque du bout des doigts, ce qui me vaut de recevoir une baffe. Putain ! La vache !

Je porte ma main sur ma joue en grimaçant tandis qu'elle porte la sienne à sa bouche, confuse.

— Oh ! Je suis désolée, Adrian. J'ai eu peur, je ne savais pas que c'était toi.

— Pas grave, je te récompenserai ce soir de plusieurs fessées et je m'en réjouis déjà.

Elle devient écarlate en me scrutant sévèrement puis elle fait un signe de main à Alicia pour qu'elle vienne.

— Tu peux t'occuper des filles deux secondes ? lui demande-t-elle. Il faut que je touche un mot à ce p'tit con.

P'tit con… Elle sait qu'il ne faut pas m'appeler comme ça. Ses fesses auront la même teinte que ses joues, c'est certain.

Alicia approuve et prend la relève. Seb la suit et lorsqu'il passe devant moi, il me lâche :

— Je ne sais pas ce que tu lui as dit, mais je te souhaite bonne chance. Elle a l'air furax.

— Ce ne sera pas pire que lorsque tu mettras les mains dans le caca. C'est à moi de te souhaiter bon courage. Tu vas en avoir besoin d'ici quelques mois.

Il me tapote l'épaule en souriant de toutes ses dents.

— On en reparlera quand ce sera ton tour, me dit-il.

— C'est pas demain que ça va arriver. J'ai encore le temps d'y penser.

— Ça arrivera plus vite que tu le penses.

Il me donne une pichenette à l'oreille puis rejoint Alicia qui est aussi élégante que Zoé. Elles ont la même tenue et coiffure. Mais Alicia a quelque chose en plus que Zoé : un petit ventre qui commence à se voir. Même si j'aime bien charrier mon pote, j'avoue que je suis extrêmement heureux pour lui. Il forme un beau petit couple avec Alicia et on voit que leur amour est fort.

Zoé m'attrape violemment le bras et m'emmène dans les coulisses. On est seuls ici et il fait sombre. Intéressant. Est-ce qu'il faut que je lui rappelle quelques souvenirs ? Il y a à peine une semaine, lors d'un shooting mariage où j'ai voulu qu'elle m'accompagne (car il était hors de question qu'elle soit loin de moi), nous nous sommes retrouvés dans les coulisses de la salle et je ne me suis pas gêné pour lui mettre des étoiles plein les yeux en lui faisant l'amour sur une table. Ce n'était pas très confortable, mais le fait qu'on aurait pu se faire capter à tout moment nous a excités comme jamais.

— Tu veux que je te fasse l'amour, mon cœur ? lui demandé-je d'un ton mielleux.

Elle soupire puis me lâche.

— Arrête de me mettre toujours mal à l'aise. T'es chiant.

— Oui bah je le sais que je suis chiant, mais tu m'aimes pour ça.

Elle remue les jambes nerveusement. Elle est stressée. OK, il faut que je me rattrape, mais je la prendrais quand même bien contre le mur.

— Qu'est-ce qui y a ? Je te sens anxieuse.

Je l'étreins et pose mes lèvres sur les siennes, qui ont un goût de cerises. Ce goût qu'elle dégage me rappelle nos débuts.

— J'ai peur que ça ne se passe pas comme prévu. Tu imagines s'il y en a une qui trébuche ou si elles ne se souviennent plus de leur chorégraphie ?

— Calme-toi, lui chuchoté-je. Tout va bien se passer et tu sais pourquoi ?

Elle fait non de la tête.

— Parce que tu es une prof exceptionnelle et que tu t'es acharnée ces derniers temps afin que tout soit au top. Il n'y a pas de raison pour que ça foire. Et… c'est également un jour porte-bonheur.

Je lui décoche un clin d'œil.

— Un jour porte-bonheur ? répète-t-elle, intriguée.

Elle fronce les sourcils.

— Oui… souviens-toi, il y a un an, le 12 juin au soir… C'était notre première rencontre.

Elle esquisse un sourire.

— Oh… oui… Je n'avais pas été très gentille avec toi, mais tu l'avais cherché.

— Je n'avais rien fait de mal. Je voulais t'inviter à prendre un verre avec moi.

— Dis plutôt que tu voulais jouer avec ma poitrine.

Je la fais reculer contre le mur et passe une main sous sa robe, tandis qu'un sourire vorace se promène sur mes lèvres.

— Ouais… je ne vais pas te mentir. Je voulais m'amuser avec tes seins. Et là… j'ai envie de jouer. On a un peu le temps, non ?

Elle consulte sa montre.

— Non… je dois y aller. Le spectacle va démarrer d'ici 15 minutes.

J'approche ma bouche de la sienne :

— Avoue que tu as hésité, sinon tu n'aurais pas regardé ta montre.

— Non, ce n'est pas vrai.

Ses joues s'empourprent.

— Menteuse. Je sais que tu veux jouer avec Popol.

Elle fait les gros yeux puis crie :

— Pousse-toi !

— Non.

— Mais si, arrête ! Je t'ai dit : pousse-toi !

Elle me frappe le bras. Pourquoi je me pousserais ? 15 minutes… C'est faisable, non ?

— Popol veut jouer avec minou. Allez… ça peut être bien, ici, dans les coulisses. Tu seras en pleine forme après.

J'ai trop envie de l'embrasser, lui faire plein de choses intéressantes, mais malheureusement, un toussotement qui résonne derrière nous m'en empêche.

Je me retourne et découvre ses parents, accompagnés de Jamie et de son fils. Merde !

— On peut revenir, si vous voulez, dit sa mère avec un grand sourire.

Zoé grogne puis se dégage de mon étreinte.

— Non… Je dois y aller.

Sa mère la serre contre elle.

— Dommage… je l'attends avec tellement d'impatience, ce bébé.

— Arrête, maman ! Tu ne vas pas t'y mettre non plus ? On t'en ferra un, mais quand on sera prêts.

Sa mère sourit puis l'embrasse sur le front.

— Je plaisante, ma chérie. Allez… va. Nous allons prendre place dans la salle.

Zoé lui fait un bisou sur la joue et nous fait signe avant de sortir des coulisses. Je dois me mettre au travail également. Elle m'a demandé de faire les photos du spectacle et je compte bien lui faire un album qui lui éblouira les yeux.

**

Deux heures trente plus tard.

Zoé se rue sur moi lorsque les danseuses retournent en coulisses. Elle dévore ma bouche comme une douce friandise.

— Je suis si heureuse, me dit-elle avant de reposer ses lèvres sur les miennes.

— Je te l'avais dit, que ce serait parfait.

— Tu crois que ça a plu à ma mère ?

Justement, en parlant du loup… elle est là devant nous, les yeux brillants, un mouchoir dans la main, accompagnée de son mari qui m'envoie un franc sourire.

— Tu peux lui poser la question. Elle est derrière toi.

Zoé se retourne et me lâche pour sauter dans les bras de sa mère. Toutes les deux se mettent à pleurer de joie. Je suis tellement fière d'elle. Ce spectacle était magnifique et on voit qu'elle y a mis tout son cœur. Je suis persuadé que les photos seront superbes. J'en ai fait énormément et dès demain, je ferai le tri pour qu'elle ait son album au plus vite.

Après quelques échanges avec ses parents, elle revient vers moi et m'attire sur la scène. Il n'y a plus personne dans la salle. Nous sommes seuls, en plein milieu de la piste.

Elle me prend les mains et les amène sur sa taille en me lançant un regard enamouré. Elle mijote quelque chose. Je le ressens. Et je le découvre rapidement lorsque la musique « *Pump it* » retentit autour de nous.

Je souris, amusé de la situation, et la serre contre moi, nichant mon visage dans son cou. Elle sent l'odeur de mon gel douche. Notre odeur qui nous transporte sur notre galaxie. Des frissons déferlent en moi de la tête aux pieds. J'ai envie de crier sur tous les toits que je l'aime. Ce genre d'attention me donne chaud au cœur et sur l'instant, j'aimerais lui demander sa main, car cette fille est tout pour moi. Plus le temps passe et plus je suis fou d'elle, plus je me sens prêt pour franchir le cap. Je suis certain que ce moment arrivera bientôt.

Nous nous trémoussons sensuellement sous le regard de nos proches, mais être avec elle dans ses bras me donne l'impression qu'on est rien que nous deux. Plus rien n'existe autour de nous. Seul l'amour encombre la salle et il nous enveloppe dans une atmosphère apaisante, là où les étoiles brillent devant nos yeux.

Chapitre 33
Tout le temps avec toi
Black Devils / Emilia Adams

Adrian
Le 29 octobre

— Prends à gauche.

Elle regarde dans son rétroviseur avant de s'engager vers le parking, les mains crispées sur le volant de ma caisse. Que c'est appréciable de se faire escorter, mais elle n'est pas encore franche sur la route. Je dois souvent la rassurer pour qu'elle prenne confiance en elle.

Après qu'elle a obtenu son code qui est passé comme une lettre à la poste, elle s'est empressée de trouver une école pour apprendre à conduire. Une école située près de Romainville, dans une petite ville paisible, à l'écart de Paris. C'était sa hantise de conduire dans la capitale et je la comprends. Moi-même je n'aime pas, mais je n'ai pas le choix pour me rendre au boulot.

Elle a eu son permis il y a quinze jours en prenant seulement 25 leçons. Ce jour-là, quand elle a appris la nouvelle, j'ai cru que le diable avait pris possession de son corps. Elle a mis sa tenue d'infirmière sexy et elle m'a fait briller les pupilles une bonne partie de la soirée. J'ai cru que j'allais la demander en mariage, mais je me suis rétracté. Mais aujourd'hui, je me sens prêt et quand je vais lui demander, je veux que ses yeux pétillent comme une pluie de paillettes. Dans son dos, j'ai réussi à acheter une bague de fiançailles et je l'ai rangée précieusement dans une poche de mon cuir. Il n'y a plus qu'à. Je sais que je vais y arriver. Elle ne va quand même pas me dire non ? Non, je n'y crois pas et je sais qu'elle est heureuse avec moi, alors je ne vois pas pourquoi j'attendrais encore plus longtemps.

Après avoir trouvé une place de parking, nous nous dirigeons vers l'hôtel. Il se situe en plein cœur du Luxembourg. Nous nous présentons à l'accueil puis passons en coup de vent dans notre chambre. Une chambre simple, mais c'est assez comme nous n'allons y séjourner qu'une seule nuit. Avant de partir, Zoé a mis plus d'une heure pour trouver sa tenue idéale pour le concert. Elle a misé sur une robe noire à volants et a relevé ses cheveux roux en chignon haut, décoré d'un diadème argenté en forme de couronne de princesse. Elle a également pris un accessoire important que le chanteur ne quitte jamais lors de ses tournées, des lunettes en forme de cœur rose qu'elle a commandées il y a une semaine sur Internet. Comparé à elle, je n'ai pas fait de tralala. Je me suis sapé simplement d'un jean noir et d'une chemise à carreaux grise et blanche.

Nous arrivons dix minutes plus tard devant la salle de concert. Je suis surpris qu'il n'y ait personne. Est-elle sûre qu'il s'agit d'un groupe méga connu des États-Unis ? C'est étonnant, quand même. Les portes ouvrent d'ici une heure et je m'attendais à ce qu'il y ait déjà foule. Dans un sens, tant mieux. Cela nous permettra d'avoir les meilleures places.

Le temps passe et il n'y a toujours pas grand monde. J'enveloppe Zoé de mes bras pour la réchauffer. Il fait un froid de canard et il commence à tomber des petits flocons.

— Plus que quinze minutes et on sera au chaud, dit-elle avant de poser ses lèvres gelées sur les miennes.

Je suis prêt à lui répondre, mais c'est à ce moment-là que j'aperçois un mec qui s'approche de nous d'une démarche tranquille. Il est habillé tout en noir, de baskets jaune fluorescent et de lunettes roses en forme de cœur. Il est accompagné d'une jeune femme qui lui tient la main et qui a un joli ventre bien rond. Je crois qu'elle va faire pipi dans sa culotte, car il s'agit de son chanteur et de sa femme.

— T'as mis une couche, j'espère ? la nargué-je.

Elle me regarde, incrédule.

— Qu'est-ce que tu racontes ?

— Regarde devant toi.

Elle tourne vivement la tête et se met à crier :

— Oh ! Mon Dieu ! C'est…

— Evan Swain. Oui, tu ne rêves pas.

Evan et sa femme se pointent devant nous et nous sourient. Je sais ce qu'il me reste à faire pour que cette soirée soit la plus magique à ses yeux.

Je lui fais un bisou sur le front et la lâche pour aller à leur rencontre. Je vais devoir mettre en pratique mes notions d'anglais. Mais ça devrait aller, car j'ai de bonnes bases.

Zoé

Je n'en crois pas mes yeux ! Evan Swain est devant moi avec sa femme Aileen et ils sont en train de me regarder avec un grand sourire. Adrian leur parle en anglais. Je n'y comprends rien, mais je devine ce qu'il leur dit lorsqu'il sort son téléphone de la poche de son cuir. Une photo !

Oui ! Une photo ! J'ai l'impression d'être une gamine qui va recevoir le plus merveilleux des cadeaux.

Adrian me fait un signe de la main. Le cœur battant la chamade, je m'approche d'eux timidement.

— Hello, me dit Evan.

Je vais faire une syncope ! Je vais faire une syncope ! Il vient de me dire « hello » et comme une andouille, je reste sans voix, la bouche grande ouverte, immobile. Qu'il est beau ! Et cette fille ! Waouh ! Ils forment un si joli couple.

Adrian me demande de me mettre à côté d'eux pour prendre une photo. Je me ressaisis et me mets au milieu. Jamais je n'aurais cru une chose pareille, surtout lorsqu'Evan passe son bras autour de mes épaules. C'est certain, je vais dormir tous les soirs avec ma veste et je ne la laverais plus jamais.

Une fois la photo faite, Evan et sa femme nous saluent, font quelques selfies avec d'autres personnes et disparaissent dans la salle. Je m'empresse de consulter la photo puis je saute au cou de mon voyou.

— Tu es formidable. Je t'aime.

Je l'embrasse d'une panoplie de baisers sur le visage, sous le regard des autres fans qui doivent me prendre pour une folle.

— Je t'aime aussi, ma puce. Si tu veux, je t'en ferai un agrandissement.

Je dois avoir les yeux qui brillent comme des étoiles filantes. Je sens que ce concert va être grandiose.

Adrian

Lorsque nous entrons dans la salle, nous courons jusqu'à la scène pour être sûrs d'être devant. Zoé a le sourire aux lèvres depuis que je l'ai prise en photo avec sa rockstar favorite.

Pendant un certain laps de temps, nous patientons en parlant de tout et de rien. Je vais chercher des boissons et de quoi grignoter, car nous n'avons rien avalé depuis ce midi. Elle me parle de ce concert depuis des mois et j'avoue que ce que fait ce groupe est plutôt pas mal. Elle connaît pratiquement les chansons par cœur et elle a déjà imaginé quelques chorégraphies pour le gala de danse de l'année prochaine. Ce que j'aime chez elle, c'est qu'elle est très productive. Quand elle a une idée derrière la tête, elle ne lâche rien et elle s'y met à fond. D'ailleurs, depuis qu'elle a obtenu son permis, elle s'est mise à faire un peu de peinture. Ça l'occupe lors de son temps libre et ça lui permet de chasser son idée d'avoir un bébé. Enfin… je pense, car elle ne m'en parle plus.

Les lumières s'éteignent, nous plongeant dans le noir complet, puis une musique se met à résonner. Les personnes dans le public se mettent à hurler et à frapper dans leur main. Le show commence et Zoé a déjà des étoiles plein les yeux.

Zoé
Deux heures plus tard.

Je pleure, car c'est la fin. Mon chanteur vient d'entrer dans les backstage et je ne le reverrai plus avant un long moment. Mais c'était grandiose et j'ai eu l'impression d'avoir assisté à un concert privé, car il y avait peu de monde. J'ai chanté, j'ai sauté, je me suis fait secouer dans tous les sens et, cerise sur le gâteau, un de ses musiciens m'a tapé dans la main. C'est officiel : je ne la laverai plus.

Adrian me serre de ses bras et m'embrasse les cheveux.

— Ça va aller, ma chérie… on le reverra un jour.

Je renifle en le regardant tristement.

— Oui, mais c'était trop court. J'aurais voulu le voir plus longtemps.

Il prend mon visage entre ses mains et plonge ses beaux yeux dans les miens :

— Tu as eu une chance d'enfer. N'importe qui aurait aimé être à ta place. Je te promets qu'on le verra dès qu'il reviendra faire un concert.

Je hoche la tête et essuie les larmes qui se sont échouées sur mes joues. Je suis bête de pleurer.

— J'aimerais tellement encore entendre sa voix et écouter ses chansons.

— Laquelle était ta préférée ?

Je hausse les épaules.

— Je ne sais pas. Je les aime toutes.

— Et si tu devais en choisir une seule.

J'enroule mes bras autour de ses épaules et je réfléchis :

— Eh bien… je dirai « Tout le temps avec toi ».

Adrian me serre fort contre lui et me fait danser alors qu'il n'y a pas de musique. Je me sens légèrement embarrassée, car il y a encore quelques personnes dans la salle et ils nous regardent étrangement.

— Qu'est-ce que tu fais ?

— Bah… je danse avec toi.

Je ris.

— Tu ne trouves pas qu'on a l'air un peu ridicule ?

Il secoue la tête.

— Bien sûr que non.

— Je te signale que tout le monde a les yeux rivés sur nous.

Il m'offre un sourire qui me fait fondre.

— Et alors ? Si ça ne leur plaît pas, ils n'ont qu'à fermer leurs yeux.

— Mais tu sais qu'on danse sans musique, là ? C'est un peu…

Il me coupe tout en posant une main sur mon visage :

— Je peux remédier à ça.

Je le regarde, perplexe, puis tout d'un coup, il se met à chantonner :

— Dans tes bras, je vois l'horizon, un bout de chemin, de la passion. Des nuits aux saveurs épicées. De l'amour, un coup de foudre, je perds pied. Dans un monde nouveau, je te guide, sur les hauteurs des pyramides, je te donne les secrets de mon cœur, comme un rêve en couleur. Épouse-moi Zoé.

Non seulement je pleure parce que c'est la chanson qu'Evan a écrite pour Aileen, mais aussi parce que là, je viens d'entendre d'autres mots : épouse-moi, Zoé. Je vais m'évanouir.

Je jette un coup d'œil circulaire autour de moi et me rends compte que les gens nous observent toujours, comme s'ils attendaient ma réponse. Que c'est gênant.

— Je ne savais pas que tu connaissais les paroles, dis-je pour le taquiner.

— Tu les écoutes tellement en boucle que je les connais autant que toi.

Je lui esquisse un sourire.

— Donc… alors.

— Alors quoi ?

— Réponds à ma question.

— Je n'ai pas entendu ta question.

Il rit et cesse de danser.

— Tu le fais exprès ?

Je baisse le visage et fais non de la tête. Moi aussi j'aime bien l'embêter.

— OK. Je recommence.

Il me lâche et fouille dans la poche intérieure de son cuir. Mais qu'est-ce qu'il fait ? Oh non ! Ne dites pas que… si ! Oh ! Mon Dieu ! Il en sort un écrin. Je crois qu'on va me retrouver aux urgences. C'est beaucoup d'émotions en cette soirée.

Une toux nerveuse me prend lorsqu'il l'ouvre. Je ne sais plus où me mettre. J'aperçois un anneau surmonté d'une pierre rose.

— Tu veux que je rechante la chanson ou je pose la question simplement ?

— Non… ça va aller. Mais est-ce que l'on pourrait aller dehors ?

— Pourquoi ? C'est bien, ici. Je n'ai pas trouvé meilleur endroit pour te le demander.

Je déglutis. Je ne me suis jamais sentie aussi nerveuse. Adrian veut m'épouser. Mon voyou romantique.

— Bon… je me lance.

Il se racle la gorge et s'agenouille devant moi, ses bras tendus pour me montrer la bague qui ornera mon annulaire. Il est en train de me sortir le grand jeu. Ce genre de chose ne se passe que dans les films, n'est-ce pas ? Où se trouve la caméra ?

— Lève-toi, lui chuchoté-je en lui faisant les gros yeux. C'est embarrassant.

Il secoue la tête.

— Mais non ! Laisse-moi faire. Je me suis préparé à te faire un beau discours.

— T'es pas sérieux ?

— Bien sûr que si.

J'ai le cœur qui bat la chamade. Pourquoi joue-t-il des sourcils ? Je m'attends à tout avec lui.

— Bon… donc, ma tigresse, ma puce, ma chérie, mon amour (il fait mine de réfléchir en levant les yeux au plafond), mon cœur, ma diablesse…

— Viens-en au fait. Tu vas me rendre folle, le coupé-je en en cachant mon visage entre mes mains.

Il rit et manque de tomber, ce qui enclenche des ricanements derrière nous. C'est bien ce dont je me doutais, les personnes qui sont ici attendent avec impatience le discours. Il leur en a touché un mot ou quoi ?

— Est-ce que Minou accepterait d'épouser Popol ?

Oh ! La honte !

Il part dans un fou rire tandis que je deviens écarlate en zieutant autour de moi. Personne n'a l'air d'avoir entendu ce qu'il vient de dire, mais je ne sais toujours pas où me mettre.

— Je t'ai déjà dit que tu étais fou ?

Il appuie sa main sur le sol pour se relever.

— Fou de toi, oui. C'est pour ça que je veux tu sois mienne. Acceptes-tu de m'épouser ?

Je tire sur le bas d'une manche de ma veste, nerveuse. Je ne m'attendais pas à ce qu'il me demande en mariage, et encore moins ici. Les larmes me montent aux yeux. Des larmes de joie. Je ne me verrai pas faire ma vie avec quelqu'un d'autre. On a partagé tellement de choses.

Il s'impatiente, toujours en pointant l'écrin devant moi. Il est beau, mon voyou. On a tous des défauts et des qualités, mais Adrian est l'homme le plus parfait à mes yeux. Il est bienveillant, à l'écoute, compatissant, protecteur et j'aime sa taquinerie plus que tout. C'est ça qui fait que nous sommes un couple fort. Nous sommes soudés comme les deux doigts de la main et je sais que ma vie est avec lui. Je l'ai toujours su.

Alors dans un murmure, je lui prononce un « Oui ». Un oui chargé d'amour et de bonheur. Un oui qui fait scintiller ses yeux, qui font pleurer les miens. Un oui qui sera gravé à tout jamais dans notre cœur, car à l'instant où je lui dis le mot magique, il m'enlace dans ses bras et m'embrasse d'un baiser qui me donne le tournis, empli de promesses. Et pour émerveiller le tout, Evan Swain passe devant nous et nous souffle un « *Congratulations* ». Que demander de mieux ?

ÉPILOGUE

Adrian
2 ans plus tard.

Vous savez ce que j'aime le plus au monde ? Me réveiller avec ma femme dans mes bras, sentir ses lèvres chaudes sur les miennes, qu'elle me susurre sans cesse des « Je t'aime » et qu'elle me fasse tourner la tête dans des plaisirs charnels. Mais ce matin, lorsque je tâtonne de ma main sur le matelas, je ne sens pas sa présence. J'entends des pleurs. Des pleurs qui ne sont pas les siens. Des pleurs qui sont ceux du fruit de notre amour. Notre fils. Ouais… depuis deux semaines, les nuits sont courtes et je mets les mains dans le caca, ce qui fait souvent rire Seb. Mais la plupart du temps, je laisse cette tâche à Zoé. J'ai encore un peu de mal avec ça.

Je me redresse contre la tête du lit et pense à ma vie depuis ces deux années écoulées. Une vie que j'ai toujours imaginée. Une vie que chaque personne voudrait recevoir. Une vie presque comme un conte de fées. C'est ce que j'avais promis à Zoé et je l'ai réalisé. Certes, ce n'est tout le temps tout beau tout rose, mais je fais du mieux que je peux pour la combler.

Après le concert des « *Black Devils* », nous sommes retournés à l'hôtel et nous avons passé une nuit merveilleuse. Une des plus belles de mon existence, emplie d'amour. Le lendemain matin, elle s'est empressée d'annoncer la nouvelle à notre entourage. Tout le monde était heureux pour nous et à cet instant, tout s'est passé très vite. Nous étions à fond dans les préparatifs de notre mariage. Elle voulait du rouge et du blanc, des roses et des paillettes, une salle à l'écart de Paris, une robe de mariée de couleur rouge, que je possède un costume noir et que je laisse ma chemise blanche entrouverte de moitié. Elle a eu tout ce qu'elle voulait. Nous avons préparé ce mariage pendant plusieurs mois et le plus merveilleux dans tout ça, c'est que mon pote Seb s'est marié le même jour que nous. C'était le 11 juin. On voulait une date proche du jour de notre rencontre. On a célébré notre mariage avec notre famille et nos amis. Et vous savez quoi ? Eh bien, le soir même, je lui ai dit de jeter sa pilule, car je me sentais prêt pour lui faire un bébé. Sept mois plus tard, la petite graine s'est plantée et nous étions les plus comblés. Enfin presque, car Zoé a été malade une bonne partie de sa grossesse, ce qui l'a amenée à arrêter de travailler. Elle n'était pas trop d'accord, mais je l'ai forcée à se reposer. De ce fait, Alicia a engagé une jeune fille pour l'aider au studio de danse.

Evan est arrivé il y a quinze jours et vous n'allez peut-être pas le croire, mais il est né le 29 octobre, deux ans après ce fameux concert où j'avais demandé la main de ma tigresse. Coïncidence… eh oui, ça existe ! Tout s'est bien passé, hormis que j'ai failli tourner de l'œil lorsque je l'ai vu sortir. Il y avait trop de sang. Le sang et moi, ça fait 0. Mais malgré cette épreuve, je m'en suis vite remis. Cinq minutes plus tard, j'ai pris mon bébé dans les bras. J'étais l'homme le plus heureux sur terre.

Nous avons un bébé en pleine forme et il nous le fait comprendre chaque nuit où il nous réveille au moins 5/6 fois en hurlant. Elle a voulu l'appeler comme son chanteur, ce qui m'a semblé ridicule au début, mais finalement j'ai cédé. Elle a eu le dernier mot, parce qu'elle avait réussi à m'amadouer avec une de ses danses super sexy qu'elle avait imaginées rien que pour moi.

Pendant ces deux années, il s'est passé beaucoup de choses autour de nous. Alicia a accouché en décembre, un jour de neige où la route était impraticable. Cet après-midi-là, elle était chez nous et ma sœur était venue également nous rendre visite avec Alex, sa compagne. Elle a commencé à avoir des contractions et Seb paniquait, car il ne savait pas comment il allait réussir à l'emmener à la maternité sans se retrouver dans un fossé. Le travail a été rapide et par chance, c'est Alex qui l'a accouchée. Car oui, oui, souvenez-vous, Alex est sage-femme. Bref… Alicia a mis au mon monde une petite fille qu'elle a baptisée Lola et j'ai bien l'impression qu'elle veut fonder une grande famille, car elle est de nouveau enceinte. De 2 mois. C'est sa mère qui est heureuse. Elle qui a toujours voulu avoir des petits-enfants…

Vous vous souvenez de Julien ? L'ancien patron de Zoé ? Eh bien, il a fermé son café et il est parti habiter dans le Sud, dans une ville proche de Marseille. Il gère un nouveau pub. Zoé l'appelle de temps en temps. Il est en couple avec la fille qui remplaçait Zoé en tant que serveuse. Je suis heureux pour lui. Zoé également, car elle le considère comme un grand ami. Il a été son confident et il l'a aidée et soutenue lorsqu'elle en avait besoin. Après notre mésaventure avec Valens, il est venu nous rendre visite de temps à autre. C'est un chouette type et j'ai promis à Zoé qu'on irait bientôt le voir.

Jamie quant à lui est toujours célibataire, mais il a la garde exclusive de son fils. La dernière fois qu'il est venu nous voir, c'était cet été. Je ne suis plus jaloux de lui. C'est une bonne chose, non ? J'ai appris à me contrôler et ne plus mettre tous les hommes dans le même panier. Je dois admettre qu'il est sympa.

Parlons un peu de ma mère, maintenant. Elle est toujours esthéticienne et le jour de notre mariage, elle avait réussi à faire de Zoé une vraie petite poupée. Elle a un talent fou et là, actuellement, elle a l'idée d'ouvrir sa propre enseigne. Elle a trouvé un mec. Encore un jeune. J'ai failli lui dire pour rire qu'elle était une cougar, mais je me suis retenu. Elle semble heureuse et c'est l'essentiel. Diego n'existe plus dans sa vie et dans la mienne non plus.

Je ne vais pas trop m'attarder sur mon père. Je n'ai pas voulu renouer les liens avec lui, même s'il a tenté plusieurs fois de le faire. J'ai quand même voulu l'inviter à mon mariage, mais il n'est jamais venu. Il avait trop de travail. Comme toujours… Malheureusement, notre relation ne changera pas, mais je m'en fiche. L'important c'est que je sois heureux avec mes proches. J'ai des amis en or. Seb qui me charrie souvent et Guillaume qui adore ma tigresse.

Je crois vous avoir tout dit… Je réfléchis. Ah non ! J'ai oublié deux petites choses.

La première, c'est que nous avons réussi à mettre dans un coin de notre tête cette histoire avec Valens. On y pense encore, mais maintenant c'est loin derrière nous. Nous sommes passés devant un juge et l'affaire a été classée. Je suis allé au cimetière et j'ai déposé des roses blanches sur la tombe de Léa. C'étaient ses fleurs préférées et je lui ai dit au revoir. Nous avons revu Émily et Roxanne au studio photo et j'ai été heureux de voir qu'elles allaient mieux. Émily habite toujours en Angleterre, elle travaille dans un magasin de vêtements et elle vit seule. Quant à sa sœur, Roxanne, elle a enfin réalisé son rêve. Elle était prête à accoucher le jour où je l'ai vue, mais j'avoue que je n'ai pas pensé à reprendre de ses nouvelles depuis.

La deuxième chose, c'est que nous allons bientôt déménager. Et vous savez où ? Eh bien… là où j'ai toujours voulu emmener Zoé, c'est-à-dire, dans les Gorges du Verdon. Zoé a été séduite quand je lui ai montré des photos de ce lieu splendide. Nous avons passé nos vacances là-bas l'année dernière et lorsque nous sommes revenus chez nous, elle semblait triste. Elle voulait y rester. Alors, nous nous sommes mis à chercher une maison. Nous l'avons trouvée. Une belle villa individuelle en crépis blanc avec un immense jardin. J'ai toujours rêvé d'être loin du brouhaha de Paris. Toutefois, il va falloir encore que je patiente six mois, le temps de faire des travaux et de monter mon propre studio photo. Zoé pourra donner des cours de danse si elle veut. La maison est tellement grande qu'elle peut utiliser une pièce pour accueillir des élèves. Mais elle a un autre passe-temps… beaucoup plus important. Celui de s'occuper de notre bébé et à ce jour, je peux vous confier quelque chose : j'en veux d'autres. Pourquoi ? Parce que Zoé est heureuse et c'est tout ce qui compte pour moi. J'aime voir son visage qui rayonne quand elle chérit son enfant. Alors, je la comblerais.

Ah oui ! Elle ne sait pas que j'ai fait installer une barre de pôle dance dans notre nouvelle maison. Bah quoi ? Ce n'est pas parce qu'on a un gosse qu'on ne doit plus penser à nous. Je compte bien encore profiter aussi longtemps que je peux de son corps hyper appétissant.

Eh bien voilà, c'est malin, je bande à songer qu'elle pourra me faire de magnifiques spectacles sur cette barre.

Coucouche panier, Popol. Ce n'est pas le moment. Je suis privé de sexe pendant au moins un mois ! Le temps qu'elle se remette de son accouchement. Quelle misère !

Zoé entre dans la chambre avec Evan dans les bras. Même si je suis fatigué, je parviens à leur sourire. Les deux plus belles personnes de ma vie. Mon bébé. Ma femme.

Elle s'allonge sur le lit et soulève son tee-shirt pour donner le sein à notre enfant. Je les admire. Ou du moins... j'admire sa somptueuse poitrine, car vous savez que ce sont mes joujoux préférés. Mais alors là... on dirait qu'ils sont sur le point d'exploser tellement ils sont énormes. Apparemment, ça n'a pas l'air de lui poser de problème actuellement. Et tant mieux. Je m'en réjouis, mais je sais qu'ils vont dégonfler lorsqu'elle arrêtera l'allaitement. De plus, elle m'a avoué qu'elle voulait réduire sa taille de bonnet, mais si elle fait réellement ça, je l'attache au lit et je lui mets la chanson « *Kiss* » pendant toute une journée.

Bref... en entendant, je me rince l'œil.

— J'ai soif moi aussi, lui murmuré-je en jouant avec une mèche de ses cheveux.

— Bah... lève-toi et va te servir.

Je ris dans ma barbe. Bien évidemment, elle me regarde, soupçonneuse.

— Tu ne dois pas tout boire, p'tit cœur, laisses-en un peu à papa.

Je caresse la tête de mon fils et l'embrasse. Ma vanne a fait sourire sa maman.

— Tu ne changeras pas.

— Je n'ai pas envie de changer.

Elle esquisse un magnifique sourire puis incline sa tête pour m'embrasser. Ses lèvres douces et chaudes se posent sur les miennes dans une lenteur qui me fait frissonner.

— Tu sais quoi ? me demande-t-elle.

— Non, quoi ?

— Tu es…

— Incorrigible ?

Je joue des sourcils, ce qui la fait rire.

— Le plus incorrigible des voyous et des papas. Mais je t'aime pour ça.

— Donc… j'ai le droit d'imiter mon fils ?

Elle me frappe le bras. Elle n'a pas changé ses mauvaises habitudes. Quand je suis trop chiant, elle n'hésite pas à me donner une claque. Et moi, j'adore lui en mettre sur ses fesses.

Stitch grimpe sur le lit. Il ne n'aime toujours pas. En revanche, il fait tout le temps des ronrons à Zoé quand elle a le petit dans ses bras.

— Au lieu de raconter des bêtises, va préparer le petit-déjeuner. Je commence à avoir faim.

— Il en a bien de la chance, ce p'tit gars. Je dois lui prêter mes jouets, mais il a intérêt de vite me les rendre.

J'ai envie de la taquiner encore, mais je me retiens de le faire. À la place, je l'embrasse dans les cheveux et je lui murmure un « je t'aime ». Elle me chuchote la même chose et je crois que ce petit jeu dure au moins une bonne minute avant que je m'extirpe du lit.

J'ai un autre compagnon dans la vie. Un bébé chow-chow qui a 3 mois. Il s'appelle Joe. C'est Zoé qui me l'a offert il y a un mois. D'ailleurs, il tourne en rond, heureux de me voir. Il s'entend bien avec Stitch. C'est super, non ?

N'est-elle pas belle la vie ? Vous voyez, je suis heureux maintenant. Je ne suis plus un sale type qui couche avec n'importe quelle nana. Mais en réalité, je n'ai jamais été un mauvais garçon. Je ne regrette pas ma vie antérieure.

Je me suis amusé comme n'importe qui l'aurait fait. Et aujourd'hui, j'ai une belle vie bien rangée et pour rien au monde je ne la changerais. Je serai toujours Adrian, le mec attachiant que Zoé devra supporter toute sa vie. L'homme qui veillera toujours sur sa femme et son bébé. Et surtout… son Joe qui la rendra dingue à chaque fois qu'elle le désira.

FIN

Remerciements

Je vais être rapide, mais je tiens à remercier quelques personnes qui m'ont aidée et soutenue dans ce projet.

Tout d'abord, je remercie mes deux bêtas lectrices, Minouche et Marlène. Deux filles extraordinaires qui me suivent depuis presque un an. Deux aides très précieuses.

Je remercie celui qui partage ma vie, car il m'a beaucoup encouragée. Le pauvre, il doit avoir mal aux oreilles, car tous les jours, sans exception, je lui ai parlé des aventures de Zoé et Adrian. Promis, j'arrête !

Je remercie certaines auteures qui me remontent souvent le moral : Harley Hitch, Emily Chain, Noéline, Val Loglia, V.Hector, Anna Wendell. De belles rencontres.

Je remercie mes lectrices/lecteurs qui m'ont apporté beaucoup d'idées et qui me soutiennent. Je ne vais pas tous vous citer, car vous êtes nombreux, mais je vous aime. (Je tenais à dire que la chanson « La cartouche » est une idée d'une lectrice, n'est-ce pas, Pauline ?)

Merci à tous ces artistes qui m'ont inspirée : Chanteurs/Chanteuses/Groupes et acteurs. Merci pour ces magnifiques chansons qui embellissent ce livre.

Je remercie enfin la maison d'édition pour m'avoir permis de publier cette histoire.

Sans vous, je n'en serais pas là. Merci de faire de mes rêves une réalité.

Et un dernier mot : Excusez-moi d'avoir été sadique à chaque fin de tome, mais je pense que vous m'aimez pour ça, non ?

Vous avez aimé votre lecture ?
Découvrez les autres romans des éditions So Romance
disponibles en format papier et numérique.

À l'ombre de nos frères
Tome 1 : Apparences trompeuses
Louise travaille depuis chez elle. Pour arrondir ses fins de mois et garder cet appartement trop grand depuis qu'il n'est plus là, elle répond au téléphone rose.
Jonas, chanteur d'un groupe de rock, a tout plaqué depuis qu'il a perdu un être cher. L'homme à femmes reste prostré dans son appartement, ne chante plus, ne touche plus à sa guitare jusqu'à ce qu'il compose un numéro de téléphone rose.
Ces deux êtres que tout sépare vont, sans le savoir, s'apprécier au bout du fil et se détester dans la vraie vie.

Sous un ciel égyptien
Tome 1 : L'envol du lotus
Passionnée de mythologie égyptienne, Romane rêve de visiter les terres des pharaons. Alors que son mariage bat de l'aile, elle éprouve plus que jamais le besoin de faire ses valises et de partir en croisière au bord du Nil. Romane parvient à convaincre son mari de l'accompagner. Elle compte bien profiter de ce voyage pour raviver l'étincelle qui les avait rapprochés, plusieurs années en arrière. C'est sans compter Ousir, guide touristique beau comme un dieu qui lui fait tourner la tête...

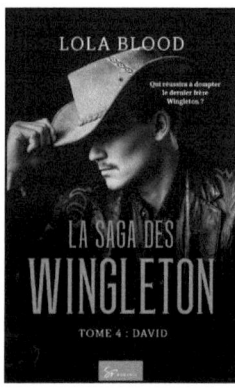

La Saga des Wingleton
Tome 4 : David
David est le plus jeune frère des Wingleton, et le plus attaché au domaine familial : il est le responsable du haras de la famille. Au tempérament aussi fougueux que celui des chevaux qu'il dresse, David est bien déterminé à continuer à profiter de la vie, et des relations d'un instant. Jusqu'à ce qu'il croise la route d'une jeune Andalouse au caractère bien trempé...

Libertà
Tome 2 : Le réseau Drake
À l'aube de la seconde guerre mondiale, Eugénie quitte la Corse pour étudier dans le Var, où elle séjourne chez sa tante, Lisandra. Encouragée par ses cousins, elle se découvre cependant une passion pour la musique et, plutôt qu'entrer à l'université, devient apprentie dans une fabrique d'instruments. C'est au comptoir de ce magasin qu'elle fait la rencontre de Julien, jeune homme engagé dans la Résistance...

Pour en savoir plus
www.soromance.com

Éditions So Romance
159 avenue de la Couronne
1050, Bruxelles
www.soromance.com

D/2020/14.771/51
ISBN : 9782390452058

Maquette de couverture : Philippe Dieu
Photo : © Blue Sky Image / Shutterstock